Klarant Verlag

Die gebürtige Ostfriesin ***Sina Jorritsma*** aus der Krummhörn studierte in Hamburg Germanistik und Philosophie, bevor sie wieder in ihre Heimat zurückkehrte. Sie veröffentlicht unter Pseudonym, weil sie ihre Umgebung genau beobachtet und Ereignisse aus ihrem Leben in ihre Geschichten einfließen. Das Romaneschreiben ist ihr kleines Geheimnis, das nur wenige Menschen kennen. Bei einer großen Kanne Ostfriesentee mit Sahne und Kluntjes kann sie halbe Nächte durchschreiben, tagsüber hält sie sich mit Joggen fit. Sina Jorritsma lebt mit ihrer Familie in einem kleinen Ort bei Emden.

Sina Jorritsma

Friesenblues

Ostfrieslandkrimi

Klarant Verlag

Klarant Verlag, www.klarant.de – www.ostfrieslandkrimi.de
ISBN: 978-3-95573-954-6
1. Auflage 2019
Umschlagabbildung: Klarant Verlag

Printed in the EU.

Kapitel 1

Kommissarin Mona Sander wollte sich gerade zum Schlafengehen bereit machen, als es an ihrer Wohnungstür Sturm klingelte. Sie runzelte die Stirn. Mona erwartete normalerweise um halb elf Uhr abends keinen Besuch. Und wenn es um einen dienstlichen Einsatz ging, wurde sie stets zuerst telefonisch informiert. Doch Neugier gehörte zu den stärksten Charaktereigenschaften der rotblonden Kommissarin. Daher betätigte sie den Türsummer und öffnete.

Ihre junge Kollegin Grietje Smit stieß die Haustür auf und kam die Treppe zum ersten Stockwerk hochgestürmt. Mona erschrak, denn die sommersprossige Polizeimeisterin sah schrecklich aus. Ihr Gesicht war blutverschmiert, ihre Wuschelhaare standen wirr vom Kopf ab. Sie trug Zivil, eine blaue Jeans und eine rote Kapuzenjacke mit dem Schriftzug STRANDPERLE. In diesem Moment wirkte sie auf die Kommissarin wie ein verängstigtes Reh.

»Was ist passiert, Grietje?«

Die Polizistin schüttelte den Kopf. Offenbar war sie noch nicht fähig zu sprechen. Grietje rang nach Luft, ihr Blick irrlichterte. Mona führte sie in ihr Wohnzimmer, wo die Polizeimeisterin sich auf das Sofa fallen ließ.

Die Kommissarin kniete sich vor sie hin und schaute sie prüfend an.

»Wie schwer bist du verletzt? Soll ich dich ins Krankenhaus bringen?«

Grietje machte auf Mona einen geistesabwesenden Eindruck. Sie musste etwas Furchtbares erlebt haben, das sie innerlich immer noch stark beschäftigte. Normalerweise war die junge Kollegin frech und vorlaut, hatte immer einen kessen Spruch auf den Lippen. Deshalb war es umso verwirrender, sie in einem solchen Zustand zu erleben.

»Rede mit mir!«, forderte Mona. Sie durfte nicht zulassen, dass Grietje sich jetzt in ein seelisches Schneckenhaus zurückzog. Es war nämlich möglich, dass noch weitere Personen Hilfe benötigten. Und bisher hatte die Kommissarin nicht die geringste Ahnung, was geschehen sein konnte.

Die Kollegin blickte sie an, als ob sie Mona zum ersten Mal in ihrem Leben sehen würde. Grietjes Stimme klang heiser.

»Ich … habe ganz großen Mist gebaut.«

Mona forderte sie mit einer Handbewegung zum Weitersprechen auf.

»Vielleicht habe ich meinen Freund getötet«, brachte Grietje hervor. Ihre Augen füllten sich mit Tränen.

Diese Information musste die Kommissarin erst einmal verdauen. Natürlich war ihr nicht entgangen, dass Grietje seit einigen Wochen verliebt war. Ihr neuer Schwarm hieß Tede Kupper und war Gitarrist der Bluesband *Borkum Gents*. Das erzählte sie bei jeder passenden und unpassenden Gelegenheit auf der Polizeistation herum, ob man es nun hören wollte oder nicht. Grietje gehörte zu den Menschen, die alles mitteilen müssen, was ihnen gerade durch den Kopf geht. Also war allgemein bekannt, wie sehr sie den jungen Mann mochte. Dass aus ihr und Tede ein Liebespaar geworden war, hatte Mona allerdings noch nicht mitgekriegt.

»Du sprichst von Tede, Grietje?«

»Ja, sicher. Einen anderen Freund habe ich nicht … hatte ich nicht.«

Nun weinte sie stärker. Mona nahm sie in die Arme.

»Du musst dich erst einmal beruhigen«, stellte die Kommissarin fest. Und dann fiel ihr etwas auf: »Bist du high?«

Grietje schien nämlich nicht betrunken zu sein. Doch Monas Erfahrung sagte ihr, dass ihre Kollegin womöglich unter dem Einfluss von berauschenden Substanzen stand.

»Spinnst du?«, gab die Polizistin schniefend zurück. »Ich nehme keine Drogen!«

»Schon gut, das war nur so ein Gedanke. Erzähl mir am besten, was geschehen ist.«

Grietje presste ihre Fäuste gegen die Schläfen.

»Wenn ich das wüsste! Es sind nur so Bruchstücke meiner Erinnerung vorhanden. Tede kam bei mir zu Hause vorbei. Wir haben etwas getrunken und geknutscht. Dann kriegte ich einen Filmriss, obwohl ich nur einen Cocktail gezischt hatte. Ich dachte eigentlich, dass ich mehr vertragen würde.«

»Was genau habt ihr getrunken?«

»Jeweils einen *White Russian*. Jedenfalls lag Tede leblos auf dem Boden, und da war Blut. Ich habe Panik gekriegt und bin sofort zu dir gelaufen!«

Die Kommissarin überlegte. Grietje wohnte in der Hindenburgstraße, in einem schmucklosen Backsteinbau für sechs Mietparteien. Bezahlbarer Wohnraum für Einheimische war auch auf der

Touristeninsel Borkum ein Problem. Daher hatte man mit dem schmalen Gehalt einer Polizeimeisterin nicht viele Möglichkeiten, was die Unterkunft anging.

Von Grietjes Wohnung bis zur Walfangerstrate, wo Mona lebte, benötigte man zu Fuß ungefähr eine halbe Stunde. Selbst wenn die junge Polizistin die ganze Strecke gerannt war, würde sie fast zwanzig Minuten benötigt haben. Mit dem Fahrrad war das Ziel innerhalb von acht Minuten zu erreichen.

Mona öffnete den Reißverschluss von Grietjes Kapuzenjacke und hob das T-Shirt hoch.

»Hey, was soll das denn werden?«

»Ich will nachschauen, woher das Blut kommt. Im Gesicht hast du jedenfalls keine offene Wunde.«

»Glaubst du, das wüsste ich nicht? Auch meinen Beinen fehlt nichts, du brauchst mir also nicht die Jeans vom Leib zu reißen. Wahrscheinlich stammt das Blut von Tedes tödlicher Verletzung …«

Die Polizeimeisterin begann wieder zu weinen. Mona strich ihr beruhigend über das Haar.

»Bist du sicher, dass dein Freund wirklich nicht mehr gelebt hat?«

Grietje zuckte zusammen. Aus geröteten Augen schaute sie die Kommissarin entsetzt an.

»Du glaubst … dass er noch nicht tot ist? Dann braucht er meine Hilfe!«

Sie wollte aufstehen, aber Mona erhob sich und drückte ihre Besucherin auf das Sofa zurück.

»Nein, Grietje! Du bleibst erst einmal hier und tust nichts. Ich fahre zu deiner Wohnung und checke die Lage. Falls es wirklich ein Unglück gegeben hat, werde ich es herausfinden.«

»Ich muss zu ihm!«, beharrte die junge Kollegin. Doch Mona blieb hart.

»Ich habe Nein gesagt, und dabei bleibt es. Du bist hierher gekommen, weil du meine Hilfe wolltest. Nun, die sollst du bekommen. Das funktioniert allerdings nur, wenn du meine Anweisungen befolgst.«

Grietje schien von einem Moment zum nächsten keine Energie mehr zu besitzen. Sie stützte den Kopf auf die Hände.

»Du hast ja recht. Ich kann nicht mehr klar denken.«

Das glaube ich allerdings auch, dachte Mona. Sie hätte darauf wetten können, dass ihre Kollegin nicht bei vollem Verstand war. Ob dieser Zustand auf den Schock zurückgeführt werden konnte? Oder hatte Grietje wirklich eine bewusstseinsverändernde Substanz intus, die ihr womöglich eingeflößt worden war?

Die Kommissarin beschloss, sich zunächst einen Überblick zu verschaffen. Sie zog Schuhe und Jacke an, griff nach ihrem Schlüsselbund.

»Du bleibst hier und rührst dich nicht von der Stelle!«, schärfte sie Grietje ein.

»Was immer du sagst.«

Mona war beunruhigt, als sie die Treppe hinuntereilte, ihr Fahrrad aus dem Schuppen holte und Richtung Hindenburgstraße losdüste. Ob ihre junge Kollegin wirklich einen Menschen getötet hatte? Das konnte die Kommissarin sich nicht vorstellen. Grietje war ein respektloser Wildfang, doch sie nahm ihren Beruf sehr ernst und hatte sich noch keine schlimme Verfehlung zuschulden kommen lassen. Außerdem kam es Mona sehr verdächtig vor, dass Grietje sich an die eigentliche Tat nicht mehr erinnern konnte. Die Kriminalistin nahm sich vor, die junge Polizistin später unbedingt medizinisch durchchecken zu lassen.

Mona trat kräftig in die Pedale. Es war eine kühle Frühlingsnacht. Tagsüber konnte man auf Borkum schon den bevorstehenden Sommer erahnen, vor allem dann, wenn es windstill war. Doch zu dieser späten Stunde blies eine kräftige Brise. Außer der Kommissarin war kaum jemand auf der Straße, abgesehen von einigen Hundebesitzern mit ihren Vierbeinern. Doch die Gastronomiebetriebe an der Bismarckstraße und der Promenade würden gut gefüllt sein.

Als Mona das unscheinbare Mietshaus erreicht hatte, überlegte sie kurz. Sollte sie wirklich allein in die Wohnung gehen?

Vernünftiger wäre es gewesen, wenn die Kommissarin ihren Kollegen Enno Moll angerufen hätte. Allein einen mutmaßlichen Tatort zu betreten – das taten Polizisten nur in schlechten Fernsehkrimis.

Aber ich bin ja gar nicht im Dienst, dachte Mona. Sie probierte die verschlossene Haustür – vergeblich. Daraufhin klingelte sie bei den Nachbarn Sturm. Gleich mehrere von ihnen betätigten wenig später den Türsummer.

Die Kommissarin trat in den Hausflur. Mona wusste durch Grietje nur, dass unter der Polizistin eine ältere Frau wohnte. Diese Nachbarin blinzelte Mona misstrauisch an.
»Moin, was ist denn los?«
»Haben Sie bei Frau Smit verdächtige Geräusche gehört?«, fragte die Kriminalistin.
»Ausnahmsweise nicht.«
»Wie meinen Sie das?«
»Das junge Ding hört öfter zu laut Musik. Ich hätte ja schon längst die Polizei gerufen, aber die Kleine arbeitet ja selbst bei euch. Sie sind doch auch Polizistin, ich habe Sie schon mal beim Feuerwehrfest gesehen!«
Mona trug als Kriminalermittlerin normalerweise Zivil. Bei diesem Ereignis waren sie und ihre Kollegen allerdings in Uniform aufgetreten. Doch das war jetzt nebensächlich.
»Sie hätten sich getrost wegen der Ruhestörung beschweren können, wir stehen nicht über dem Gesetz«, betonte die Kommissarin. »Und heute Abend ist Ihnen nichts aufgefallen?«
»Nein, es war ruhig.« Die Nachbarin beugte sich vor. »Wieso, ist etwas passiert?«
»Vielen Dank, und entschuldigen Sie die Störung.«
Mit diesen Worten ließ Mona die ältere Dame stehen und eilte die Treppe hoch. In diesem Moment fiel ihr ein, dass sie ihre junge Kollegin nicht nach dem Wohnungsschlüssel gefragt hatte. Mona war über sich selbst erbost, weil sie an so etwas Naheliegendes nicht gedacht hatte. Doch dann stellte sie fest, dass die Tür nur angelehnt war.
Die Kriminalistin runzelte die Stirn. War sie gerade im Begriff, in eine Falle zu tappen? Sie hatte noch nicht einmal ihre Dienstwaffe bei sich, die befand sich vorschriftsmäßig eingeschlossen in der Polizeistation.
Das Minutenlicht im Stiegenhaus erlosch. Jetzt fiel nur noch ein schmaler Streifen Helligkeit aus der Wohnung auf den Treppenabsatz. Drinnen war es totenstill. Aus den anderen Stockwerken hörte man Fernsehgeräusche und Menschen, die sich miteinander unterhielten.
»Hier ist die Polizei!«, rief Mona laut und stieß die Tür vorsichtig mit dem Fuß auf. Sie trat ein. Im Flur roch es nach Grietjes Parfüm und nach Kaffee. Die Wohnung verfügte über zwei Zimmer sowie

eine Küchenecke und ein Bad. Die Kriminalistin schlich zunächst ins Wohnzimmer, wobei sie sich auf das Schlimmste gefasst machte.

Dort standen zwei Cocktailgläser auf dem Couchtisch, außerdem gab es einen kleinen Blutfleck auf dem Teppich.

Eine Leiche konnte Mona nicht entdecken. Auch keinen lebenden Menschen. Im Bad und im Schlafzimmer suchte sie ebenfalls vergeblich. Sie lehnte sich gegen die Wand. In ihrem Inneren machte sich eine merkwürdige Mischung aus Erleichterung und Verwirrung breit.

Wo war Tede Kupper abgeblieben?

Kapitel 2

Mona schaute sich noch einmal genau um. Dabei achtete sie darauf, nichts anzufassen. Wenn sie dienstlich an einem Tatort war, streifte sie stets Latex-Handschuhe über. Doch momentan hatte sie leider keine dabei.

War hier überhaupt ein Verbrechen geschehen?

Die Kommissarin ertappte sich dabei, dass sie diese Möglichkeit bereits ausschließen wollte. Sie kannte Grietje nun schon seit einigen Jahren und hatte sich oft genug über die vorlaute junge Kollegin geärgert. Aber Mona hielt die Polizeimeisterin nicht für fähig, ein Verbrechen zu begehen. Noch nicht einmal im Affekt.

Auf dem Teppich waren kleine Sandreste zu sehen. Vielleicht war jemand vom Strand hierher gekommen und hatte sich zuvor nicht gründlich die Schuhe auf der Fußmatte abgetreten. Und die Kriminalistin machte noch eine weitere Beobachtung.

Die Wohnung war durchsucht worden.

Einem nicht geschulten Auge wäre das vermutlich gar nicht aufgefallen. Es sah hier nicht aus wie nach einem Einbruch, wo sämtliche Schubladen herausgerissen und Matratzen aufgeschlitzt worden waren.

Jemand hatte nach einem Gegenstand Ausschau gehalten und sorgfältig alles wieder in Ordnung gebracht. Aber eben nicht sorgfältig genug. Zwei Fragen drängten sich Mona auf: Was hatte der Eindringling gesucht? Konnte er es schließlich finden?

Die Kommissarin würde sich noch gedulden müssen, bis sie auf Antworten hoffen konnte. Ab jetzt musste sie streng nach Vorschrift handeln, wenn sie nicht den Ärger ihres Lebens bekommen wollte. Am liebsten hätte Mona den Fall auf eigene Faust gelöst. Doch wenn sie diesen Versuch unternahm, konnte sie sich von ihrer Polizeilaufbahn endgültig verabschieden.

Schweren Herzens griff sie zum Smartphone und rief ihren Vorgesetzten an. Das Freizeichen ertönte fünfmal, bevor sich Hauptkommissar Hinrich Oltbeck meldete. Sie hatte den Dienststellenleiter der Polizeistation Borkum offenbar aus einer Tiefschlafphase gerissen. Entsprechend mies war seine Laune.

»Ich hoffe, dass Sie mich aus einem sehr guten Grund um diese Uhrzeit stören, Frau Sander!«

»Ja, allerdings.«

Mona berichtete ihrem Chef die wenigen Fakten, die ihr bisher bekannt waren. Sie erwähnte auch, dass Grietje ihrer Meinung nach unter Rauschmitteln stand. Als Oltbeck wieder das Wort ergriff, hatte sich sein Tonfall völlig verändert. Er klang nun nicht mehr verärgert, sondern geschockt und hellwach.

»Sie wissen, wie wir nun weiter vorgehen müssen, nicht wahr?«

Die Kommissarin seufzte.

»Kollegen von einer anderen Dienststelle werden die Ermittlungen in die Hand nehmen, damit wir uns nicht dem Verdacht aussetzen, etwas vertuschen zu wollen. Halten Sie denn Grietje wirklich für eine mögliche Mörderin oder Totschlägerin, Herr Oltbeck?«

»Meine Meinung ist nicht entscheidend. Wir tun unserer Kollegin keinen Gefallen, wenn wir die üblichen Abläufe missachten.«

»Die ganze Sache ist oberfaul!«, stieß Mona hervor. »Der angeblich tote Tede Kupper hat sich in Luft aufgelöst, und jemand muss Grietjes Wohnung äußerst professionell und unauffällig durchsucht haben.«

»Wenn das so ist, dann werden die Ermittler vom Festland diese Zusammenhänge gewiss ebenfalls erkennen. Ich rufe nach Dienstbeginn sofort in Emden an und bitte darum, dass uns ein Team geschickt wird. Sie schaffen jetzt bitte Frau Smit ins Krankenhaus, damit die Kollegin gründlich untersucht wird. Ordnen Sie auch ein Drogen-Screening an.«

»Kann ich den Dienstwagen nehmen?«

»Ja, natürlich. Und Frau Smit darf nicht in ihre Wohnung zurück, solange sie noch nicht kriminaltechnisch untersucht wurde.«

»Sie kann vorerst bei mir wohnen.«

Kaum hatte Mona diesen Satz ausgesprochen, als sie ihn auch schon bereute. Sie lebte eigentlich gern allein. In ihren eigenen vier Wänden konnte sie tun, was sie wollte. Mit einem so lebhaften Logiergast wie Grietje war der Stress vorprogrammiert. Doch vielleicht klärte sich das kriminalistische Rätsel ja schnell auf. Die Kommissarin glaubte jedenfalls nicht an ein Tötungsdelikt, solange es keine Leiche gab.

»Ich weiß Ihr Engagement zu schätzen, Frau Sander. Wir sprechen uns dann nach Dienstbeginn weiter.«

Mit diesen Worten beendete Oltbeck das kurze Telefonat. Die Kommissarin atmete tief durch. Dann verließ sie Grietjes Wohnung und zog die Tür hinter sich zu. Als Nächstes düste sie zur Polizeidienststelle an der Strandstraße, holte den Zündschlüssel und startete den zivilen Opel Vectra, den sie und ihr Kollege als Dienstwagen benutzten.

Wie gern hätte Mona sich jetzt gedanklich mit Enno ausgetauscht! Der erfahrene Oberkommissar und sie waren ein perfektes Team und hatten schon viele rätselhafte Mordfälle aufgeklärt. Aber sie wollte ihn nicht auch noch zu nächtlicher Stunde stören, zumal die beiden diesmal sowieso keine Ermittlungen würden vornehmen dürfen. Es reichte, wenn Mona am Morgen unausgeschlafen und schlecht gelaunt sein würde.

Sie bog in die Walfangerstrate ein und öffnete wenig später ihre Wohnungstür. Grietje saß noch in derselben Position wie bei ihrem Weggehen auf dem Sofa. Die Polizistin blickte auf und schaute Mona ängstlich an.

»Lebt Tede noch?«

»Ich weiß es nicht, er ist fort.«

»Fort?« Grietje sprang auf, als ob sie einen Stich in den Hintern bekommen hätte. »Das kann gar nicht sein. Jemand muss seine Leiche weggeschafft haben!«

»Falls es überhaupt einen Toten gab«, schränkte Mona ein. »Außerdem hat jemand sehr sorgfältig und systematisch deine Bude durchsucht. Wonach könnte er wohl Ausschau gehalten haben?«

»Woher soll ich das wissen? Ich habe jedenfalls kein Autogramm von Justin Timberlake in meinem Nachtschrank gebunkert.«

Diese Antwort klang schon wieder nach Grietjes gewohnt flapsiger Art, was Mona beruhigte. Sie konnte mit Frechheit besser umgehen als mit Verzweiflung.

»Ich fahre dich jetzt ins Krankenhaus«, sagte sie.

»Warum? Mir fehlt nichts, Mona.«

»Du kennst die Vorschriften, dein Zustand muss dokumentiert werden. Und morgen …«

Grietje fiel ihr ins Wort, wobei sie mit den Augen rollte.

»Morgen werden irgendwelche fremden Ermittler aufkreuzen, um mich zu verhören. Das hatte ich befürchtet. Wo kommen die Kollegen denn her? Emden oder Norderney?«

»Emden.«

»Gott sei Dank.«

Was hatte diese Reaktion zu bedeuten? Mona hakte nicht nach. Sie konnte sich den Grund sowieso denken. Im vorigen Sommer war Grietje mit ein paar ehemaligen Schulfreundinnen auf der Nachbarinsel gewesen. Die Gruppe war dort ziemlich versackt, wie sich später herausstellte. Vermutlich hatte die junge Polizistin bei dieser Gelegenheit unfreiwillig Bekanntschaft mit den dortigen Kollegen gemacht.

Nach diesem Wortwechsel hüllte sich Grietje wieder in Schweigen, was für sie höchst ungewöhnlich war.

Es dauerte nicht lange, bis sie das Borkumer Stadtkrankenhaus in der Gartenstraße erreicht hatten. Beim Aussteigen aus dem Opel Vectra schaute Grietje Mona an.

»Glaubst du wirklich, dass ich nicht an Tedes blutigem Ende schuld bin?«

»Ich rede erst von einem Tötungsdelikt, wenn es eine Leiche gibt. Du kannst übrigens bei mir wohnen, bis die Kriminaltechnik dein Zuhause untersucht hat.«

»Danke, du bist lieb!«

Grietje umarmte Mona. Die Kommissarin übergab ihre Kollegin wenig später der Obhut einer Krankenschwester. Sie ließ sich Grietjes Wohnungsschlüssel geben, um ihn später an die Ermittler aus Emden weiterreichen zu können. Mona wartete noch eine Weile. Schließlich teilte ein Arzt ihr mit, dass die Polizeimeisterin wegen genauerer Untersuchungen noch länger im Hospital würde bleiben müssen.

Schlaf fand Mona in dieser Nacht nicht mehr. Sie kehrte in die Walfangerstrate zurück, duschte und zog sich um. Währenddessen grübelte sie pausenlos über die Ereignisse nach. Aber es war sinnlos. Solange sie so wenige Informationen hatte, konnte sie höchstens ein Ratespiel veranstalten.

Die Kommissarin erschien noch vor Dienstbeginn auf der Polizeiwache. Diesmal freute sie sich ganz besonders, die imposante Gestalt ihres großen und schwergewichtigen Kollegen durch die Tür kommen zu sehen. Enno trug wie immer seine uralte Lederjacke, die sich über dem Bauch nur schwer schließen ließ. Er hob seine Augenbrauen, als er Mona erblickte.

»Moin, bist du aus dem Bett gefallen?«

»Besser gesagt: Grietje hat mich rausgekegelt. Du wirst nicht glauben, was heute Nacht geschehen ist!«

Mit diesen Worten begann die Kommissarin die Ereignisse zu schildern. Enno ließ sich auf seinen Bürostuhl fallen und lauschte konzentriert.

»Warum hast du mich nicht angerufen?«, fragte er, nachdem Mona alles berichtet hatte.

»Das ist doch sowieso nicht unser Fall. Oltbeck will die Emder Kollegen darauf ansetzen. Ich hoffe nur, dass sie keine Tomaten auf den Augen haben!«

»Halte dich zurück«, warnte Enno, der das Temperament seiner rotblonden Kollegin kannte. »Vielleicht kreuzt Grietjes Freund ja heute putzmunter irgendwo auf, dann hat sich die Ermittlung sowieso erledigt.«

Die Kommissarin schüttelte den Kopf.

»Ich befürchte, dass Grietje verschaukelt werden sollte. Wenn ich nur wüsste, weswegen man ihre Wohnung durchsucht hat. Und sie war garantiert berauscht, als sie bei mir aufgekreuzt ist. Unsere Kollegin nimmt keine Drogen, jedenfalls nicht freiwillig. Sie und Tede haben Cocktails getrunken. Wahrscheinlich hat der Kerl ihr etwas in den Drink gemixt.«

»Und hat sich tot gestellt, um in Ruhe die Räume filzen zu können?«, ergänzte Enno. »Ja, das ist plausibel. Allerdings hätte Grietje auch merken können, dass er gar nicht tot ist.«

»Zugegeben, die Sache ist noch nicht rund«, seufzte die Kommissarin. »Aber …«

Sie wurde vom Telefon unterbrochen. Der Dienststellenleiter wollte mit ihr und Enno sprechen. Wenig später saßen die beiden Ermittler auf den Besucherstühlen des Chefs.

Oltbeck würde sich garantiert die Haare raufen, wenn er welche hätte, dachte Mona, während sie die Glatze des Hauptkommissars betrachtete. Er hatte tiefe Ringe unter den Augen. Seine Gesichtsfarbe wirkte ungesund – vor allem für jemanden, der ganzjährig das gute Hochseeklima von Borkum genießen konnte. Offenbar war ihm der nächtliche Anruf richtig an die Nieren gegangen.

»Hat Frau Sander Sie bereits über die schlechten Neuigkeiten informiert, Herr Moll?«

Enno nickte.

»Ich habe soeben mit Emden telefoniert«, fuhr Oltbeck fort. »Zwei Kollegen kommen mit der nächsten Fähre, um den rätselhaften

Vorfall aufzuklären. Es handelt sich um Oberkommissar Stensen und Kommissarin Melling.«

»Heiko Stensen kenne ich«, warf Monas Kollege ein. »Er ist ein fähiger Mann.«

»Dann wollen wir hoffen, dass die beiden Licht ins Dunkel bringen können«, sagte der Chef seufzend. »Frau Smit muss ich zunächst vom Dienst suspendieren …«

»Wieso das denn?«, rief Mona. »Glauben Sie im Ernst, dass sie ihren Freund getötet hat?«

Im Grunde konnte der Dienststellenleiter nicht anders handeln, das war ihr klar. Doch wieder einmal hatte Monas Zunge den Wettlauf mit ihrem Verstand gewonnen. Der Chef warf ihr einen missbilligenden Blick zu.

»Ich bin darüber auch nicht glücklich, Frau Sander. Mir bleibt allerdings keine andere Wahl. Und wenn sich herausstellt, dass Frau Smit kein Fehlverhalten vorzuwerfen ist, kann sie ihren Dienst sofort wieder antreten. Die Entscheidung ist mir angesichts unserer dünnen Personaldecke nicht leichtgefallen, das können Sie mir glauben.«

Diesmal konnte die Kommissarin sich noch rechtzeitig bremsen und hielt ihren Schnabel.

»Der angebliche Tote Tede Kupper spielt Gitarre bei den Borkum Gents«, sagte Enno. »Wenn jemand seinen Aufenthaltsort kennt, dann die anderen Bandmitglieder.«

Oltbeck machte sich eine Notiz.

»Schön, diese Information werde ich an die Emder Kollegen weitergeben.«

Mona wollte fragen, womit sie und Enno sich als Nächstes beschäftigen sollten. Es juckte sie in den Fingern, das Verschwinden von Grietjes Freund aufzuklären. Doch daraus würde wohl nichts werden.

Bevor sie den Mund öffnen konnte, klingelte das Telefon auf dem Schreibtisch. Der Chef meldete sich mit Namen und Dienstgrad. Während er lauschte, wurde sein Gesicht noch länger. Obwohl Mona das kaum für möglich gehalten hätte. Oltbeck bedankte sich mit belegter Stimme und beendete das Telefonat.

Die Ermittler schauten ihn erwartungsvoll an.

»Mir wurde soeben ein Leichenfund gemeldet.«

Kapitel 3

Im ersten Moment befürchtete die Kommissarin, dass wirklich die sterblichen Überreste von Tede Kupper gefunden worden waren. Doch schon die ersten spärlichen Informationen widersprachen dieser Annahme.

»Der Tote ist ein etwa sechzigjähriger vollbärtiger Mann«, fuhr der Chef fort. »Er sitzt auf einer der Bänke an der Promenade, unweit vom Musikpavillon. Ein Touristenpaar glaubte zuerst, er würde schlafen. Doch dann bemerkten sie das Blut. Frau Berend und Herr Lammer sind bereits dort und sichern den Leichenfundort.«

»Wir fahren sofort los«, kündigte Mona an und erhob sich. Enno folgte ihrem Beispiel. Sie verließen die Polizeistation durch den Hinterausgang und fuhren mit dem Opel Vectra bis zur Jann-Berghaus-Straße hinunter. Von dort aus hatte man einen Panoramablick auf die Nordsee. Die Kriminalisten stiegen eine der breiten Steintreppen hinab, die zur Promenade führten.

Mona sah die uniformierten Kollegen schon von Weitem. Sie standen neben einer der zahlreichen Ruhebänke, von denen die Promenade gesäumt war. Offenbar hatten die Polizisten den Leichnam mit einer Plane abgedeckt. So früh am Vormittag war auf der beliebten Borkumer Bummelmeile noch nicht allzu viel los. In den Cafés saßen bereits einige Urlauber beim Frühstück, und Jogger sowie Nordic Walker waren ebenfalls unterwegs. Richtig voll würde es erst gegen Mittag werden, wenn im Musikpavillon eines der beliebten Gratis-Konzerte begann. Trotzdem gab es auch zu dieser Morgenstunde schon Neugierige, die von einem Polizeieinsatz scheinbar magisch angezogen wurden.

Die Kommissare gaben Polizeimeisterin Aiske Berend und Polizeimeister Claas Lammer die Hand.

»Moin, könnt ihr uns bitte auf den neuesten Stand bringen?«, bat Mona.

»Wir haben selbst noch nicht viele Informationen«, sagte die Polizistin. »Claas und ich waren regulär auf Fußstreife, als wir von dem Ehepaar Niebert angesprochen wurden. Die beiden waren sehr aufgeregt und berichteten von einem Toten, der auf einer Bank sitzt. Wir sind zu dem Mann gegangen. Es war eindeutig, dass er nicht mehr lebt. Als ich den Reißverschluss seiner Jacke öffnete, bemerkte ich sofort das getrocknete Blut. Die Mordwaffe steckt noch in der Brust.«

Die Kriminalistin nickte und warf einen Blick in die Runde. Die Bank, auf der das Opfer saß, stand rechts vom Musikpavillon. Nach Einbruch der Dunkelheit waren die Lichtverhältnisse hier nicht die besten. Sobald die Lokale schlossen, sah man hier nur noch wenige Passanten. Falls die Tat nachts stattgefunden hatte, musste der Mörder keine lästigen Zeugen fürchten. Er konnte den Mann erstechen und entweder zum Strand hinunterlaufen oder sich auf der Promenade selbst aus dem Staub machen.

»Lass uns zunächst mit den Zeugen sprechen«, schlug Enno vor. Mona nickte. Sie gingen zu dem verängstigt wirkenden Ehepaar hinüber und stellten sich mit Namen sowie Dienstgrad vor.

»Wir hätten wirklich nicht gedacht, dass wir in unserem Urlaub einen … Toten finden«, sagte Ingrid Niebert mit belegter Stimme.

»Bitte erzählen Sie uns, wie Sie auf das Opfer aufmerksam geworden sind«, erwiderte Mona. Die Ehefrau und der Ehemann blickten einander kurz in die Augen, dann begann Ingrid Niebert mit ihrem Bericht: »Wir sind erst gestern angekommen, das hier ist unser erster Urlaub auf Borkum. Nach dem Frühstück im Hotel wollten wir die Insel erkunden und sind sofort hinunter zur Promenade spaziert. Viel war ja um diese Tageszeit nicht los. Ich hatte ein Steinchen im Schuh und setzte mich auf die Bank, um ihn zu entfernen. Da fragte ich den Mann, ob ich Platz nehmen dürfte oder ob er noch jemanden erwartet. Dann …«

Die Zeugin verstummte. Thomas Niebert strich ihr zärtlich über das Haar und setzte die Erzählung fort: »Meine Frau schaute dem Toten ins Gesicht und schrie vor Schreck. Man konnte deutlich sehen, dass er nicht mehr lebte. Seine Haut war fahl und wächsern, und der Blick starr.«

»Haben Sie die Leiche berührt?«

Die Nieberts schienen Monas Frage absonderlich zu finden. Sie schauten die Kommissarin an, als ob sie nicht bei Trost wäre.

»Nein, selbstverständlich nicht!«, empörte sich der Ehemann, und seine Frau schüttelte heftig den Kopf.

»Wir müssen uns danach erkundigen, falls wir Fremd-DNA an dem Opfer finden«, erklärte Enno.

»Ja, natürlich«, murmelte Niebert. »Wir sind ganz durcheinander, verzeihen Sie bitte.«

»Das ist verständlich«, meinte Mona. »Sind Ihnen andere Personen in der Nähe aufgefallen? Hat vielleicht jemand kurz zuvor noch neben dem Toten gesessen?«

»Nicht, dass ich wüsste«, erwiderte die Zeugin. »Ich habe aber ehrlich gesagt nicht darauf geachtet. Thomas und ich haben hauptsächlich Richtung Nordsee und zur Seehundbank geschaut. Deshalb sind wir ja schließlich hier …«

Ingrid Nieberts Augen wurden feucht, ihr Mann nahm sie in den Arm.

»Das wäre für den Moment alles«, sagte die Kommissarin. »Könnten Sie bitte im Lauf des Tages zur Polizeistation kommen und Ihre Aussagen schriftlich zu Protokoll geben? Vielen Dank im Voraus und noch einen schönen Aufenthalt.«

Mit diesen Worten gab Mona Herrn Niebert eine ihrer Visitenkarten, auf der auch die Anschrift der Dienststelle stand.

Das Touristenpaar eilte davon.

»Nicht gerade der beste Start, um den Urlaub zu beginnen«, brummte Enno. »Lässt du uns einen Blick auf die Leiche werfen, Claas?«

Der junge Polizist nickte und hob die Plane so weit hoch, dass die Kriminalisten sich das Mordopfer anschauen konnten. Der Tote war schätzungsweise zwischen fünfzig und sechzig Jahren alt. Sein grauer Vollbart war nicht gestutzt, die unter der Pudelmütze hervorschauenden Haare wirkten strähnig und ungewaschen. Er trug eine graue Cordhose, ein grünes Sweatshirt und einen blauen Regenmantel mit Reißverschluss und Kapuze.

»Den Mann kenne ich«, sagte der ostfriesische Kommissar. »Er hieß Lübbo Hamstra. Ich habe ihn seit Jahren nicht gesehen. Mir war nicht bekannt, dass er sich wieder auf Borkum aufhält.«

Mona hob die Augenbrauen und schaute ihren Kollegen von der Seite an.

»War er ein schwerer Junge?«

»Eher eine verlorene Seele.«

»Du musst mir später in Ruhe alles über ihn erzählen, einverstanden?«

Enno nickte, und Mona wandte sich nun an Aiske Berend.

»Habt ihr seine Taschen schon durchsucht?«

»Nein, wir sind ja erst wenige Minuten vor euch eingetroffen.«

»Dann werden wir das gleich mal nachholen.«

Mit diesen Worten streifte die Kommissarin sich Einweg-Handschuhe aus Latex über und griff in Hamstras Taschen. Sie hatte bei solchen Durchsuchungen immer ein mulmiges Gefühl. Der Tote wirkte leicht heruntergekommen, sah allerdings nicht wie ein typischer Drogenkranker aus. Trotzdem bestand auch bei ihm die Gefahr, dass Mona sich versehentlich an einer unsauberen Spritze infizierte.

Doch in diesem Fall war die Befürchtung unbegründet. Hamstra hatte nicht viel in seinen Taschen: Zweiundfünfzig Euro in bar, ein Retour-Ticket für die Überfahrt zwischen Eemshaven und Borkum, einen Kamm, eine Schachtel Zigaretten, ein Feuerzeug sowie eine 1,5-Stunden-OV-Karte für Amsterdam. Ob der Mörder ihm andere Dinge abgenommen hatte, ließ sich natürlich nicht sagen.

»Ist das so eine Art Nahverkehrsticket?«, fragte Enno, als Mona ihm den letzteren Gegenstand zeigte.

»Ja, du kannst damit anderthalb Stunden lang die öffentlichen Verkehrsmittel in Amsterdam benutzen. Laut Datumstempel hat Hamstra sich die Karte vor drei Tagen aus einem Automaten gezogen. Da dürfte er also noch in Holland gewesen sein.«

»Das ist merkwürdig.«

Mona legte den Kopf schief.

»Weswegen, Enno?«

»Lübbo hatte ein Ticket, um in Amsterdam mit dem Bus und der Straßenbahn durch die Gegend zu fahren. Und ein zweites, um nach Borkum überzusetzen. Aber wie ist er von der Großstadt zum Fährhafen gekommen?«

»Vielleicht mit dem Zug.«

»Und dann wirft er die Bahnfahrkarte weg, behält aber das längst abgelaufene Nahverkehrsticket? Das ist nicht sehr logisch, oder? Obwohl, so ein Verhalten hätte zu Lübbo gepasst. Er war immer schon ein Chaot.«

»Du machst mich neugierig«, gestand Mona. Sie hatte den Tascheninhalt in Tüten für Beweisstücke getan, die dann später ins kriminaltechnische Labor Oldenburg geschickt werden sollten.

»Darüber reden wir gleich in der Frühstückspause«, kündigte Enno an. »Der Anblick einer Leiche am frühen Morgen schlägt mir auf den Magen.«

»Das geht mir auch so«, gab die Kommissarin zurück. Sie beugte sich vor und schaute sich die Mordwaffe genauer an. Außerdem machte sie mit ihrem Smartphone einige Fotos vom Gesicht des Opfers und von der Mordwaffe.

»Das ist kein Messer, sondern eine Art Werkzeug«, stellte sie fest. »Ich würde auf eine Ahle tippen.«

»So ein Instrument wird von Tischlern und von Segelmachern benutzt.«

Die Kommissarin kratzte sich nachdenklich im Nacken.

»Das Opfer sitzt ganz am rechten Rand der Bank. Angenommen, der Mörder hat neben Hamstra Platz genommen. Sie unterhalten sich, und plötzlich holt der Täter die Ahle aus seiner Tasche. Er sticht zu – und zwar mit links!«

Der schwergewichtige Oberkommissar nickte langsam.

»Ja, bei einem Angriff mit der rechten Hand würde die Einstichwunde vermutlich anders aussehen. Hatte der Täter also eine Tötungsabsicht, als er das Werkzeug mitführte? Eine Ahle hat man ja nicht so einfach bei sich.«

»Es sei denn, man wäre Tischler oder Segelmacher«, erwiderte Mona. »Ich gebe dir recht, Enno. Können wir also davon ausgehen, dass Opfer und Mörder einander kannten?«

»Zumindest haben bei Lübbo nicht die Alarmsirenen geschrillt, als der Täter sich neben ihn gesetzt hat«, mutmaßte der Ostfriese. »Andernfalls hätte er sich aus dem Staub gemacht. Um die Uhrzeit gibt es genügend freie Bänke auf der Promenade, der Mörder wird sich also bewusst zu seinem späteren Opfer gesellt haben. Und es deutet nichts darauf hin, dass es einen Kampf gegeben hätte. Er wurde buchstäblich kalt erwischt.«

Mona griff zum Funkgerät und wandte sich an die uniformierten Kollegen.

»Ich veranlasse, dass der Tatort kriminaltechnisch untersucht und der Leichnam zur Obduktion nach Oldenburg geschafft wird. Kümmert ihr euch bitte darum, dass hier keine Spuren vernichtet werden und Unbeteiligte Abstand halten.«

»Wird gemacht«, sagte Claas Lammer.

Die Ermittler verabschiedeten sich und stiegen die breite Steintreppe zur Jann-Berghaus-Straße hoch. Sie beschlossen, im *Pferdestall* in der Bismarckstraße eine kurze Frühstückspause einzulegen. Es war an diesem sonnigen Tag schon so warm, dass man getrost auf der Terrasse sitzen konnte. Mona bestellte sich nur einen Tee, aber Enno orderte außerdem noch eine rustikale

Vesperplatte. Da keine anderen Gäste in ihrer Nähe saßen, konnten sie ungestört über den aktuellen Fall sprechen. Mona war froh darüber, dass sie sich auf eine neue Aufgabe konzentrieren konnte. Wäre das nicht so gewesen, hätte sie wahrscheinlich pausenlos an das Schicksal ihrer jungen Kollegin gedacht. Dabei waren sie und Grietje gar nicht befreundet, sondern arbeiteten nur zusammen. Doch bei einer so kleinen Dienststelle wie der Polizeistation Borkum bekam man natürlich viel vom Privatleben der anderen Beamten mit, ob man nun wollte oder nicht.

»Erzähl mir alles über Lübbo Hamstra«, bat sie, nachdem der Kellner die Bestellungen gebracht hatte. »Warum hältst du ihn für eine verlorene Seele?«

»Lübbo geriet als junger Mann auf die schiefe Bahn. Ich selbst habe ihn mehrfach verhaftet, wegen Ruhestörung und einigen Rangeleien. Wir sind ja ungefähr gleichaltrig, obwohl ich noch ein paar Jahre weniger auf dem Buckel habe als Lübbo. Er war ein Gernegroß, der stets mit möglichst wenig Arbeit viel Geld verdienen wollte.«

»Das klappt aber nicht, indem man krumme Dinger dreht. Da kann man besser Lotto spielen. Und das Opfer sah nicht so aus, als ob es auf Rosen gebettet wäre.«

»Nein, das kann man nicht behaupten. Vor sechs Jahren wurde Lübbo zu einer kurzen Gefängnisstrafe verurteilt, die saß er auf dem Festland in Lingen ab. Als er später nach Borkum zurückkehrte, war er wie ausgewechselt. Er hatte keine große Klappe mehr, stattdessen wurde er grüblerisch und verschlossen. Immerhin beging Lübbo keine weiteren Straftaten. Oder zumindest ließ er sich nicht mehr erwischen.«

»Das klingt so, als ob du ihm nach wie vor kriminelle Energie zutraust.«

Enno hob seine breiten Schultern, während er sich ein Stück Brot mit Schinken in den Mund schob.

»Du kannst es meinetwegen polizeilichen Instinkt nennen, Mona. Ich weiß, dass wir handfeste Beweise brauchen, wenn wir jemanden überführen wollen. Das wäre bei Lübbo nicht möglich gewesen, jedenfalls nicht während der vergangenen Jahre. Wenn ich ihn über die Insel geistern sah, habe ich mich immer gefragt, wovon er lebt. Na ja, womöglich hat sein jüngerer Bruder Eyk ihn unterstützt. Der hat nämlich eine weiße Weste. Grietje wird ihn vermutlich auch kennen.«

Mona wurde hellhörig.

»Wie kommst du darauf?«

»Weil unsere junge Kollegin überall herumerzählt, dass ihr Freund bei den Borkum Gents Gitarre spielt. Nun, der Bandgründer ist Eyk Hamstra. Die Musik ist aber nur sein Hobby. Hauptberuflich betreibt er eine sehr erfolgreiche Nostalgie-Möbeltischlerei unten am Hafen.«

Die Kommissarin zuckte zusammen, als ob sie einen Schlag bekommen hätte. Konnte es Zufall sein, dass der ältere Bruder von Tede Kuppers Bandkollegen ermordet wurde, während Grietjes Freund oder dessen Leiche fast gleichzeitig spurlos verschwand?

»Und das sagst du mir erst jetzt?«, fauchte Mona.

»Wann hätte ich es denn sonst erwähnen sollen?«, gab Enno lächelnd zurück. »Ich wollte dir erst Lübbos Lebensgeschichte schildern, damit du die Zusammenhänge verstehst. Die Ahle als Tatwaffe deutet natürlich sehr stark auf den jüngeren Bruder als Täter hin. Für meinen Geschmack ein bisschen zu offensichtlich.«

»Das wird sich zeigen«, meinte die Kommissarin. »Vielleicht hat dieser Eyk Hamstra ja ein wasserdichtes Alibi. Das können wir aber erst einschätzen, wenn wir den ungefähren Todeszeitpunkt kennen. Auf jeden Fall müssen wir ihm die Nachricht von der Ermordung seines älteren Bruders überbringen. Hat Lübbo noch weitere Verwandte auf Borkum?«

Der Oberkommissar schüttelte den Kopf.

»Nein, die Eltern der beiden sind schon lange tot. Und verheiratet war Lübbo nach meinem Kenntnisstand nie.«

Kapitel 4

Bevor die Ermittler zu Eyk Hamstra fuhren, wollten sie den Namen des Mordopfers durch die polizeilichen Datenbanken jagen. Es war ja möglich, dass Hamstra anderswo verdächtig oder verhaftet worden war. Er hatte offenbar nicht sein ganzes Leben auf seiner Heimatinsel verbracht. Und wenn er sich öfter in den Niederlanden aufgehalten hatte, konnten Mona und Enno von der dortigen Polizei auf dem kurzen Dienstweg Informationen erhalten. Im Grenzgebiet arbeiteten die Strafverfolgungsbehörden eng zusammen. Und Borkum lag so nahe an dem Nachbarland, dass die Insel von holländischen Mobilfunknetzen abgedeckt wurde.

Als die Kriminalisten das Polizeirevier betraten, blickte Britt Mölders im Wachlokal auf.

»Ihr sollt gleich zum Chef kommen.«

Was haben wir denn jetzt schon wieder angestellt?, dachte Mona. Sie war sich ausnahmsweise keiner Schuld bewusst. Oder gab es etwa eine Hiobsbotschaft im Grietje-Fall? Das konnte sie jetzt gar nicht gebrauchen. Die Kommissarin hatte ein flaues Gefühl in der Magengrube, als sie und Enno das Büro des Dienststellenleiters betraten.

Oltbeck war nicht allein. Auf seinen Besucherstühlen saßen ein Mann und eine Frau, die sich nun erhoben.

»Moin, Heiko«, sagte der stämmige Ostfriese. »Lange nicht gesehen.«

Der Fremde musste also Oberkommissar Heiko Stensen aus Emden sein. Er war ein hagerer Mann mit kurzen grauen Haaren. In Monas Augen wirkte er in seinem Tweedanzug eher wie ein englischer Landadliger und weniger wie ein Polizist.

Und bei der Frau handelte es sich demnach um Kommissarin Lena Melling. Mona fand sie auf Anhieb unsympathisch, obwohl sie noch kein Wort gesagt hatte. Kommissarin Melling erinnerte Mona nämlich fatal an ihre ehemalige Schulkameradin Ulrike Hansemann. Das war eine Streberin gewesen, die kleine Verfehlungen ihrer Mitschüler gern der Klassenlehrerin verraten hatte. Mona wäre wegen ihr beinahe von der Schule geflogen, denn sie hatte ihr Temperament schon damals nicht wirklich gut im Griff.

Die rotblonde Kommissarin ermahnte sich selbst, kein vorschnelles Urteil zu fällen. Lena Melling konnte ja nichts dafür, dass sie schmale Lippen und vorwurfsvoll blickende haselnussbraune Augen hatte. Als Mona ihr die Hand gab, fühlten sich die Finger der Emder Kollegin schlaff und kraftlos an. In ihrem Faltenrock und der maschinengestrickten Jacke über der hochgeschlossenen Bluse sah sie wie eine Anhängerin einer amerikanischen Sekte aus.

Nachdem sich alle miteinander bekannt gemacht hatten, sagte der Chef: »Ich bin Ihnen sehr dankbar dafür, dass Sie die Ermittlungen so schnell und unbürokratisch übernommen haben.«

Lena Melling rümpfte die Nase.

»Wenn eine Polizeibeamtin sich dem Verdacht aussetzt, in ein Gewaltverbrechen verwickelt zu sein …«

Mona fuhr sofort dazwischen.

»Die Unschuldsvermutung ist Ihnen wohl nicht geläufig?«, ätzte sie. »Sie sollten sich zunächst mit den Fakten vertraut machen, bevor Sie ein Urteil fällen.«

»Das reicht, Frau Sander!«, sagte Oltbeck scharf. Dann wandte er sich an die Emder Kollegen: »Bitte verzeihen Sie diesen Missklang. Bei uns allen liegen wegen dieser unglückseligen Ereignisse die Nerven blank.«

»Dafür haben wir natürlich Verständnis«, erwiderte Lena Melling gönnerhaft. »Dennoch müssen wir umfassend und gründlich ermitteln. Zunächst möchten wir gern den Tatort in Augenschein nehmen.«

Oltbeck nickte und beauftragte einen uniformierten Kollegen damit, die Emder zu Grietjes Wohnung zu chauffieren. Nachdem sie den Raum verlassen hatten, warf er Mona einen unheilverkündenden Blick zu.

»Reißen Sie sich bitte zusammen, Frau Sander! Niemand hat ein Interesse daran, Frau Smit einen Strick zu drehen. Doch wir können es uns nicht leisten, eine Kollegin anders zu behandeln als einen x-beliebigen zivilen Mordverdächtigen.«

Auch dann nicht, wenn es gar keine Leiche gibt?, dachte Mona. Aber diesmal schaffte sie es, den Mund zu halten. Nun sprang Enno ihr bei.

»Wir haben bereits einen Ermittlungsansatz, was den Toten auf der Promenade angeht«, sagte er schnell. »Der Mann ist polizeibekannt, womöglich steht sein Tod im Zusammenhang mit kriminellen Machenschaften.«

Diese Information schien den Chef zu besänftigen.

»Schön, dann machen Sie sich an die Arbeit und bringen Sie mir Ergebnisse.«

Oltbeck wedelte mit der Hand, als ob er eine lästige Fliege verscheuchen wollte. Mona stieß langsam die Luft aus den Lungen, nachdem sie und Enno das Büro des Dienststellenleiters verlassen hatten.

»Du und Kommissarin Melling werdet wohl keine Freundinnen?«

»Eher nicht, Enno! Ich fand sie auf Anhieb unsympathisch.«

»Trotzdem kann sie eine gute Polizistin sein.«

»Du bist immer so vernünftig, das kann man kaum ertragen.«

Enno schüttelte den Kopf.

»Nein, nicht immer.«

Mona schaute ihn fragend an. Daraufhin strich er über seinen Bauch.

»Ist es vielleicht vernünftig, immer zu viel zu essen?«

»Wer keine Schwächen hat, der ist mir unheimlich«, gab Mona zurück und knuffte ihn freundschaftlich in die Seite. Das kurze Geplänkel mit Enno hatte ihre Laune schon wieder verbessert. In seiner Gegenwart konnte sie nie lange sauer sein. Noch nicht einmal dann, wenn sie sich über solche Menschen wie Kommissarin Lena Melling ärgerte.

Die Ermittler gingen in ihr gemeinsames Büro. Während der Oberkommissar Tee aufsetzte, fuhr Mona ihren PC hoch. Als Enno kurze Zeit später mit der Kanne und den Tassen zu ihr kam, pfiff sie durch die Zähne.

»Das musst du dir ansehen, mein Lieber. Unser Mordopfer wurde in der JVA Lingen schon einmal beinahe getötet.«

»Gab es einen Streit zwischen Häftlingen?«

»Warte, hier ist ein Protokoll abgelegt. Als Täter konnte ein gewisser Pieter van Geldern ermittelt werden, ein niederländischer Staatsbürger. Er saß wegen einem Polizistenmord in Lingen ein.«

»Steht da auch, weswegen Lübbo und van Geldern sich in die Haare bekamen?«, fragte Enno, während er einen langen Hals machte und Mona über die Schulter schaute.

»Nein, hier ist nur von einem nichtigen Anlass die Rede. Ob dieser van Geldern nachtragend ist und die Sache nun endgültig beenden wollte?«

»Jedenfalls nicht, wenn er immer noch in der JVA einsitzt«, stellte der Oberkommissar trocken fest. »Denn der Mordversuch an Lübbo dürfte seine Strafe entsprechend verlängert haben.«

»Ja, das stimmt. Falls er nicht aus irgendwelchen Gründen begnadigt worden ist, kann er frühestens in fünf Jahren mit seiner Entlassung rechnen.«

»Ich rufe nachher in Lingen an«, schlug Enno vor. »Vielleicht kann ich ja herauskriegen, weshalb der Streit damals entstanden ist. Jedenfalls erklärt diese Episode, weshalb Lübbo so verändert war, als er nach Borkum zurückkehrte. Es muss ein alptraumhaftes Erlebnis gewesen sein, an der Schwelle des Todes zu stehen.«

Bevor Mona etwas erwidern konnte, wurde die Bürotür aufgerissen. Grietje stürmte herein. Es war immer noch ungewohnt, sie in Zivil zu sehen.

»Der Chef hat mich gerade offiziell über meine Suspendierung informiert«, sagte sie statt einer Begrüßung. »Ich dürfte also eigentlich gar nicht hier sein. Gilt dein Angebot noch, dass ich bei dir wohnen darf?«

Grietje schaute die Kommissarin flehend an. Es tat Mona weh, ihre freche Kollegin plötzlich so kleinlaut zu sehen.

»Ja, natürlich. Hier, fühl dich wie zu Hause.«

Mit diesen Worten warf sie ihren Reserveschlüssel zu Grietje hinüber. Die Polizeimeisterin fing ihn auf. Nun beglückwünschte Mona sich innerlich selbst dafür, dass sie immer einen Zweitschlüssel in ihrem Schreibtisch aufbewahrte – für den Fall, dass sie mal ihren eigenen verlor. Dass sie einer Kollegin Unterschlupf würde gewähren müssen, hatte sie allerdings nicht bedacht.

»Danke. Ich muss mich schon wieder aus dem Staub machen. Wenn die Ermittler aus Emden mich später verhören wollen, werden sie das hier auf dem Revier tun.«

»Du solltest dich von einem Personalvertreter begleiten lassen«, riet Enno.

Darauf erwiderte Grietje nichts, sondern ging nur wortlos davon. Mona lag die Frage auf der Zunge, was die medizinische Untersuchung ergeben hatte. Die junge Polizeimeisterin war gewiss darüber informiert worden, ob sie bewusstseinsverändernde Substanzen im Blut gehabt hatte oder nicht. Sie nahm sich vor, Grietje später daheim auszuquetschen. Dagegen würden weder Oltbeck noch das Gespann aus Emden etwas unternehmen können.

»Die Sache scheint ihr ganz schön an die Nieren zu gehen«, mutmaßte Enno, nachdem die suspendierte Kollegin so schnell wieder verschwunden war.

»Wundert dich das? Grietje glaubt, einen Mord begangen zu haben. Dabei gibt es bisher weder eine Leiche noch ein Motiv. Ich wette, dass ihr Freund noch am Leben ist. Wenn ich diesen Tede in die Finger kriege, dann werde ich ihn so lange bearbeiten, bis ich von ihm die Wahrheit über die vorige Nacht erfahre.«

»Wir sollten uns jetzt auf den Mord an Lübbo konzentrieren«, mahnte Enno. »Gibt es in der Akte noch weitere Hinweise auf mögliche Täter oder ein Motiv?«

»Ich finde jedenfalls keine Anhaltspunkte. Lübbo war ein kleiner Fisch, der gelegentlich mit dem Gesetz in Konflikt geraten ist. Wie du hier siehst, hat er sich in den letzten Jahren nichts mehr zuschulden kommen lassen. Oder er ist schlicht und einfach nicht erwischt worden.«

»Er scheint keiner geregelten Arbeit nachgegangen zu sein. Darüber kann uns sein Bruder vielleicht etwas Genaueres berichten.«

Die Kriminalisten meldeten sich im Polizeirevier ab und stiegen in ihren Dienstwagen. Sie hatten beschlossen, Eyk Hamstra in seiner Tischlerei aufzusuchen. Mona überbrachte Todesnachrichten persönlich, wenn es irgendwie möglich war. Sie verabscheute diese Aufgabe, doch auch solche traurigen Pflichten gehörten zu ihrem Beruf.

Sie fuhren eine Zeit lang schweigend die schnurgerade Reedestraße zum Hafen hinunter, als die Kommissarin wieder den Mund öffnete.

»Du kennst also Lübbo, aber was kannst du mir über seinen jüngeren Bruder erzählen?«

»Nicht viel, Mona. Eyk ist niemals mit dem Gesetz in Konflikt gekommen. Nach der Schule hat er eine Tischlerlehre auf dem Festland gemacht. Später wurde er sogar Meister.«

»Das kostet doch Geld, oder? Wie konnte er das finanzieren?«

»So wie andere Handwerksmeister auch. Eyk wird gespart haben, nehme ich an. Auf jeden Fall ist er geschäftstüchtig. Nach seiner Rückkehr auf die Insel eröffnete er diese Tischlerei, sie läuft wohl sehr gut.«

»Gibt es denn auf unserem Eiland für einen Tischler überhaupt genug zu tun?«

»Wie gesagt, er hat sich spezialisiert. Eyk baut nostalgische Möbel – Einzelstücke, die er in die ganze Welt exportiert.«

Die Hamstra-Tischlerei befand sich in der Juister Strate, nur einen Steinwurf weit vom Borkumer Hafen entfernt. Als die Ermittler die Werkhalle betraten, arbeitete ein hochgewachsener Mann im blauen Overall gerade an einem altmodisch aussehenden Küchenschrank. Mona liebte den Geruch von frischem Holz. Ansonsten fiel ihr sofort auf, dass der Tischler den Schraubendreher mit der rechten Hand betätigte. Als er die Kriminalisten erblickte, warf er ihnen einen gereizten Blick zu.

»Moin, Eyk!«, sagte Enno freundlich. Eyk Hamstra erhob sich aus seiner knieenden Position und verschränkte die Arme vor der Brust. Seine ganze Körpersprache drückte Abwehr aus, wie Mona fand. Ansonsten musste die Kommissarin sich eingestehen, dass sie den Bruder des Mordopfers als Mann durchaus attraktiv fand. Er war ungefähr vierzig Jahre alt, braun gebrannt und dunkelblond. Sein Dreitagebart wirkte im Gegensatz zu Lübbos Gesichtsmatratze dezent und gepflegt.

»Was wollt ihr denn schon wieder hier?«, knurrte Hamstra.

»Schon wieder?«, echote der Oberkommissar. »Wir haben uns bestimmt seit einem halben Jahr nicht gesehen, Eyk. Das ist übrigens Mona Sander, wir arbeiten zusammen.«

Der Tischler würdigte die Kommissarin kaum eines Blickes.

»Ich meinte nicht dich persönlich, Enno, sondern die Polizei allgemein. Erst gestern sind Kollegen von dir hier aufgekreuzt, um meinem Bruder wegen einer Kleinigkeit das Leben schwer zu machen. Dabei kannte ich die eine Beamtin sogar, diese Grietje. Sie ist die Freundin meines Gitarristen. Allerdings hatte ich bisher keine Ahnung, dass sie bei der Polizei ist.«

Mona horchte auf. Ob es einen Zusammenhang zwischen den beiden Fällen gab?

»Ihr Gitarrist – sprechen Sie von Tede Kupper?«

»Ja, sicher«, bestätigte der Tischler. »Bei den Borkum Gents gibt es nur einen Gitarristen.«

Die Kommissarin hätte sich am liebsten erkundigt, ob Hamstra Tede Kuppers Aufenthaltsort kannte. Im letzten Moment hielt sie sich zurück. Wenn die Emder Ermittler herausfanden, dass sie ihnen ins Handwerk pfuschen wollte, konnte man ihr daraus leicht einen Strick drehen. Mona traute zumindest Kommissarin Lena Melling jede Hinterhältigkeit zu. Zum Glück übernahm in diesem Moment Enno die Gesprächsführung.

»Worum ging es denn bei dem Polizeieinsatz gestern?«

»Weiß bei euch die linke Hand nicht, was die rechte tut?«, fragte Hamstra gereizt zurück. »Lübbo hatte gestern ein paar Biere zu viel, irgendwelche Spießer haben sich über ihn beschwert. Die Polizei wurde gerufen, eure Kollegen wollten seinen Ausweis sehen. Den hatte er gerade nicht dabei. Also schafften sie ihn im Streifenwagen hierher und fragten mich nach seiner Identität. Ich hatte zum Glück Lübbos Reisepass für ihn aufbewahrt. Andernfalls hättet ihr ihn wahrscheinlich eingebuchtet wie einen Schwerverbrecher.«

»Das ist Unsinn«, brummte Enno. »Allerdings sind wir auch heute wegen Lübbo hier, was ich sehr bedaure.«

»Was soll mein Bruder denn jetzt schon wieder angestellt haben?«

»Ihr Bruder ist tot, wir gehen von einem Gewaltverbrechen aus. Mein Beileid«, sagte Mona. Gleichzeitig fand sie, dass ihre Worte kalt und formelhaft klangen. Doch sie hatte noch kein Patentrezept gefunden, um eine Todesnachricht optimal zu überbringen. Wahrscheinlich, weil es in jedem Fall eine traurige Pflicht war.

Der Tischler riss die Augen auf. Seine Arme fielen herab, das Werkzeug landete auf dem Betonboden. Schlagartig nahm sein gebräuntes Gesicht eine grünliche Farbe an. Um die Nase herum wurde er erschreckend blass. Hamstra taumelte einen Schritt zurück und lehnte sich gegen eine Werkbank.

Mona befürchtete, dass er gleich das Bewusstsein verlieren würde.

»Atme tief durch, Eyk!«, mahnte Enno ruhig, aber bestimmt. »Du musst etwas trinken.«

Der Oberkommissar schaute sich suchend um, bis er im hinteren Bereich der Halle einen großen amerikanischen Kühlschrank entdeckte. Enno ging dorthin und kehrte mit einer Flasche Mineralwasser zurück. Er öffnete sie und hielt sie Hamstra hin.

»Ich will nichts trinken. Ich will wissen, wer das getan hat!«

»Trink!«, beharrte Monas Kollege. Trotz seiner gemütlichen Art konnte er in Stresssituationen sehr fokussiert und bestimmt sein. Der Bruder des Opfers gab schließlich nach und nahm mehrere Schlucke zu sich. Das Wasser schien ihm gutzutun, jedenfalls normalisierte sich seine Gesichtsfarbe wieder halbwegs. Stattdessen begann nun sein linkes Augenlid zu zucken.

»Ihr wisst also nicht, wer Lübbo getötet hat«, stellte der Tischler bitter fest.

»Unsere Ermittlungen haben gerade erst begonnen«, betonte Enno. Auch Mona musterte die Werkhalle. Neben Holzstapeln und etlichen halb fertigen Teilen für Schränke und Kommoden erblickte sie auch zahlreiche Werkzeuge. Die Tür zu einem Seitengang stand offen, man konnte einige Blechspinde erkennen.

»Wer außer Ihnen arbeitet noch hier, Herr Hamstra?«, wollte Mona wissen.

Der Tischler warf ihr einen unwirschen Blick zu.

»Ich habe zwei Gesellen. Und mein Gitarrist Tede hilft gelegentlich auch aus. Warum ist das wichtig?«

»Beantworten Sie bitte einfach meine Frage.«

»Wir hatten gestern Abend eine kleine Betriebsfeier. Ich konnte einen großen Auftrag an Land ziehen, Arbeit genug für die nächsten acht Monate. Da haben wir uns kräftig einen auf die Lampe gegossen. Daher habe ich den Männern erlaubt, heute erst mittags in der Werkstatt zu erscheinen.«

»Sie sind aber schon hier.«

»Ich bin ja auch der Chef, Frau … Sander, richtig? Was soll die Fragerei?«

»Wir wollen herausfinden, wer Ihren Bruder getötet hat«, erwiderte die Kommissarin. »War er auch bei Ihrer Betriebsfeier? Und wo hat sie stattgefunden?«

»Nein, Lübbo war nicht anwesend. Er war gestern schon tagsüber nicht ganz nüchtern, wie gesagt. Er wollte sich ausschlafen. Mein Bruder wohnt bei mir, wenn er auf Borkum ist.«

»Lebst du noch in eurem gemeinsamen Elternhaus, in der Upholmstraße?«, warf Enno ein. Hamstra nickte.

»Wann haben Sie Ihren Bruder zum letzten Mal gesehen?«, fragte Mona.

»Das war gestern Nachmittag, nachdem Ihre Kollegen Lübbo hierher in die Werkstatt chauffiert hatten. Wir fuhren zusammen zur Upholmstraße, wo ich seinen Reisepass aufbewahrte. Die Polizisten meckerten ihn noch einmal an, weil er kein Dokument bei sich gehabt hatte. Dann machten sie sich aus dem Staub. Lübbo sagte, dass er müde sei und sich aufs Ohr hauen wollte. Das muss so gegen siebzehn Uhr gewesen sein.«

Die Kriminalistin überlegte. Wenn diese Angaben stimmten, musste es auch einen Bericht der Streifenwagenbesatzung darüber geben. Womöglich standen da noch andere Dinge als das, was der Bruder des Opfers ausgesagt hatte. Außerdem konnte sie natürlich ihre neue Mitbewohnerin aushorchen.

Was war während des Einsatzes wirklich geschehen? Hatte jemand wegen Lübbo Hamstra Grietjes Wohnung durchsucht? Aber wonach? Mona traute ihrer jungen Kollegin jedenfalls nicht zu, dass sie das spätere Mordopfer bestohlen haben könnte.

Enno wandte sich nun wieder an den Bruder des Opfers.

»Eyk, wir haben bei Lübbo ein Amsterdamer Nahverkehrsticket gefunden. Was hat er in Holland gewollt?«

»Das weiß ich nicht«, erwiderte der Tischler. »Mein Bruder lebt … lebte sein eigenes Leben.«

Die Antwort kam für Monas Geschmack ein wenig zu schnell und glatt über Eyk Hamstras Lippen. Sie bezweifelte, dass er die Wahrheit sagte. Doch jetzt war nicht der richtige Zeitpunkt, ihn einer Lüge zu bezichtigen.

»Du bist ein erfolgreicher Handwerker«, stellte Enno fest. »Und die Borkum Gents sind eine beliebte Band. Bei dir läuft es offenbar gut. Aber was hat Lübbo eigentlich beruflich gemacht?«

Es entstand eine peinliche Pause.

»Nicht viel«, gab Hamstra schließlich zu. »Mein Bruder war unstet, er konnte sich schlecht konzentrieren. Zeitweise hat er als Spülhilfe in einem Hotel angeheuert. Oder er putzte Ferienwohnungen. Lange hat er es in keinem Job ausgehalten.«

»Sie haben ihn unterstützt«, vermutete Mona.

»Ja, natürlich. Er war doch mein Bruder.«

»Wir wissen, dass Lübbo bei seiner Inhaftierung in Lingen verletzt wurde«, sagte Enno. »Könnte seine Ermordung damit zusammenhängen?«

Hamstra legte die Stirn in Falten.

»Das ist jetzt schon ein paar Jahre her … Soweit ich weiß, sitzt der Mistkerl, der Lübbo damals abstechen wollte, immer noch hinter Gittern. Das könnt ihr doch bestimmt nachprüfen, oder?«

»Ja, natürlich. Worum ging es bei der Auseinandersetzung damals eigentlich?«

»Keine Ahnung«, gab der Tischler zurück. Für Monas Geschmack war die Antwort wieder zu fix erfolgt. Wenn Hamstras Angaben stimmten, dann mussten die Brüder ein sehr enges Verhältnis zueinander gehabt haben. Wenn Lübbo nicht mit Eyk über den blutigen Streit sprach, hatte er sich vermutlich niemandem anvertraut.

Lübbo Hamstras Widersacher hinter Gittern war jedenfalls ein Holländer. Und das Mordopfer hatte sich noch vor wenigen Tagen in Amsterdam aufgehalten. Mona glaubte nicht an eine Verkettung von Zufällen.

»War Tede eigentlich auch auf Ihrer Betriebsfeier?«, wollte die Kommissarin wissen.

Der Tischlermeister schüttelte den Kopf.

»Nee. Ursprünglich wollte er kommen, aber dann sagte er ab. Er meinte, dass er sich lieber mit Grietje treffen wollte.«

Warum hatte Tede seine Pläne so kurzfristig geändert? Darüber konnte Mona sich später noch den Kopf zerbrechen.

»Wer könnte Ihren Bruder getötet haben?«, fragte sie Hamstra direkt. »Und aus welchem Grund?«

»Ich weiß es nicht«, behauptete der Tischler. »Vielleicht irgendein Krawallmacher. Mein Bruder war gewiss ein leichtes Opfer, vor allem, wenn er nicht ganz nüchtern war. Es soll ja Typen geben, die aus purer Lust an der Gewalt Leute umbringen.«

So etwas kam tatsächlich vor. Doch nach Monas Erfahrung hatten die meisten Täter ein aus ihrer eigenen Sicht überzeugendes Motiv, wenn sie ein Menschenleben auslöschten. Die Kommissarin war inzwischen felsenfest davon überzeugt, dass Hamstra ihnen wichtige Dinge verschwieg.

»Wir müssen uns Lübbos Zimmer anschauen, Eyk«, sagte Enno. »Vielleicht finden wir dort Hinweise auf den Täter.«

»Das kann ich mir zwar nicht vorstellen, aber wir haben nichts zu verbergen«, gab der Bruder des Toten zurück. »Weißt du noch, wo mein Elternhaus steht, Enno? Ich werde die Haushälterin anrufen, damit sie euch hereinlässt.«

»Danke, Eyk«, erwiderte der Oberkommissar. »Du bist nicht verheiratet?«

Der Tischlermeister schüttelte den Kopf.

»Für Frauen war bisher immer zu wenig Zeit. Wenn ich nicht arbeite, widme ich mich ganz meiner Band. Wenn die Borkum Gents proben oder auftreten, kann ich innerlich bestens abschalten.«

»Das wäre für den Moment alles«, erklärte Enno. »Wir werden alles tun, um den Mörder deines Bruders zu finden.«

Hamstra nickte, während er ein düsteres Gesicht schnitt. Ob er sich selbst auf die Jagd nach dem Täter machen wollte? Wenn ja, dann würde er gewiss nicht so dumm sein, es der Polizei zu verraten. Mona wollte ihren Kollegen fragen, wie er den Tischlermeister einschätzte. Immerhin kannte Enno Hamstra schon lange. Bevor es allerdings dazu kommen konnte, begegneten sie draußen Lena Melling und Heiko Stensen.

»Ihnen ist schon bekannt, dass Sie in der Mordsache Tede Kupper nicht ermitteln dürfen?«, fragte die Emder Kommissarin spitz.

Mona schenkte ihr ein zuckersüßes Lächeln, das so falsch war wie ein Drei-Euro-Schein.

»Wir würden uns niemals erlauben, Ihnen in die Quere zu kommen, Frau Kollegin. Sie haben also schon herausgefunden, dass Tede Kupper in Hamstras Band spielt? Aber darüber haben wir mit dem Herrn gar nicht gesprochen. Sein Bruder Lübbo wurde ermordet, und das ist ein komplett anderer Fall.«

In Wirklichkeit war die Kriminalistin von einem Zusammenhang der Ereignisse überzeugt. Das wollte sie Lena Melling aber ganz gewiss nicht auf die Nase binden.

»Es wird sich zeigen, zu welchen Punkten Sie Herrn Hamstra befragt haben«, schnarrte die Emder Kommissarin. »Sie sollten es jedenfalls nicht riskieren, ebenfalls suspendiert zu werden.«

»Sei friedlich, Lena«, brummte nun Heiko Stensen. »Enno ist ein guter Polizeibeamter, und seine junge Kollegin scheint auch in Ordnung zu sein.«

»Wir werden sehen«, entgegnete die Emder Kommissarin und stürmte in die Werkhalle. Heiko Stensen zuckte entschuldigend mit den Schultern und folgte ihr.

Enno klopfte Mona beruhigend auf die Schulter.

»So ein Pech, dass wir hier ausgerechnet *sie* treffen mussten, Mona.«

Die Ermittlerin verzog den Mund, als ob sie in eine saure Zitrone gebissen hätte.

»Das kannst du laut sagen, mein Lieber! Ich muss dieser Frau wirklich aus dem Weg gehen, sonst garantiere ich für nichts. – Was hältst du von einem Themawechsel? Mir ist aufgefallen, dass du Eyk gegenüber die Mordwaffe nicht erwähnt hast.«

»Genauso wenig wie du«, stellte Enno fest.

»Richtig, denn es handelt sich um Täterwissen. Wäre Eyk in die Ermordung seines Bruders verwickelt gewesen, hätte er sich vielleicht unabsichtlich verraten.«

»Dafür ist er zu clever«, meinte der Oberkommissar. »Außerdem spricht seine Reaktion gegen eine Tatbeteiligung, findest du nicht? Er wäre beinahe kollabiert. Und soweit ich weiß, lag ihm sein Bruder wirklich immer am Herzen.«

Mona nickte.

»Ja, so kam es mir auch vor. Trotzdem hat Eyk Hamstra etwas zu verbergen. Und ich bin sicher, dass dieses Geheimnis mit dem Mord zusammenhängt.«

Kapitel 5

Der Wind frischte auf, trieb aber nur leichte Schleierwolken über den Horizont. Es versprach ein weiterer sonniger Tag auf der beliebten Urlaubsinsel zu werden. Etliche Touristen waren per Autofähre mit dem eigenen PKW angereist. Daher gerieten die Ermittler auf dem Weg zu Hamstras Elternhaus in stockenden Verkehr, was auf Borkum ansonsten höchst selten vorkam.

Mona hatte den Kopf in den Nacken gelegt und dachte laut nach.

»Es ist natürlich auch möglich, dass Lübbo mit einem der beiden Tischlergesellen Ärger hatte. Die Burschen sollten wir auch genauer unter die Lupe nehmen.«

»Zumindest dürften sie das Opfer gekannt haben«, meinte Enno. »Die Ahle als Mordwaffe besagt meiner Meinung nach gar nichts. Höchstens, dass der Täter die Ermittlungen sozusagen mit der Brechstange in eine bestimmte Richtung lenken will.«

»Ja, wir sollten uns an diesem Werkzeug nicht festbeißen«, stimmte die Kommissarin zu. »Viel spannender finde ich die Frage, was Lübbo in Amsterdam gewollt hat. Und ich glaube nicht, dass sein jüngerer Bruder völlig ahnungslos war.«

Enno nickte und bog in die Upholmstraße ab. Das geerbte Haus der Brüder war aus roten Backsteinen gebaut, hatte einen steilen Giebel und besonders schön gestaltete Fensterläden. Mona vermutete, dass der Tischlermeister sie selbst gemacht hatte. Auch der Modell-Leuchtturm im Garten stammte zweifellos aus seiner Werkstatt. Die Kommissarin verstand zwar nichts von diesem Handwerk, aber sie konnte sich gut vorstellen, dass Eyk ein wohlhabender Mann war.

Noch bevor Enno klopfen konnte, wurde ihnen geöffnet. Die Haushälterin musste bereits am Fenster auf die Ankunft der Kriminalisten gewartet haben.

Der Oberkommissar zeigte seinen Dienstausweis, Mona folgte dem Beispiel. Außerdem nannte er ihre Namen. Die ältere Frau mit der strengen Dauerwellenfrisur stellte sich als Verena Kaminski vor. Sie sprach ein klares Deutsch mit polnischem Akzent.

»Herr Hamstra hat gesagt, dass sein Bruder tot ist. Sie wollen das Zimmer sehen?«

»Ja, das wäre gut«, antwortete Mona. Ihr fiel auf, dass Frau Kaminski von Lübbos Ermordung nicht besonders geschockt zu sein schien. Vielleicht hatte sie ihn ja einfach nicht gemocht. Die

Haushälterin trug einen blitzsauberen Kittel und machte einen sehr gepflegten Eindruck. Die Kommissarin konnte sich schwer vorstellen, dass sie einen etwas gammelig wirkenden Kerl wie Lübbo in ihr Herz geschlossen hatte.

Die ältere Frau ging voraus und öffnete im ersten Stockwerk eine Zimmertür. Es war nicht abgeschlossen.

»Vielen Dank. Warten Sie bitte unten, wir haben noch einige Fragen an Sie«, sagte Mona.

Die Haushälterin nickte gleichmütig und stieg die steile Treppe hinab. Nun zogen die Ermittler Latexhandschuhe über und durchsuchten den Raum systematisch. Nach Monas Meinung war das hier ein Gästezimmer, unpersönlich und neutral eingerichtet. Es gab ein Bett und einen Schrank, ein Tischchen sowie einen Lehnstuhl sowie einen stummen Diener, auf dem eine gestreifte Weste hing. Das Bett war gemacht. Es sah nicht so aus, als ob jemand in der vorigen Nacht dort geschlafen hätte. Doch es war natürlich auch möglich, dass Frau Kaminski morgens Klarschiff gemacht hatte. Das musste die Kommissarin noch in Erfahrung bringen.

An der Wand hing als einziger Schmuck ein gerahmtes Bild. Es zeigte ein Segelschiff, das unter friesischer Flagge fuhr und den Wogen eines Sturms trotzte.

Mona öffnete den Kleiderschrank. Darin hingen ein Parka und ein Flanellhemd. Von der Größe her konnten beide Textilien Lübbo Hamstra passen. Ansonsten gab es nur einige Feinripp-Unterhosen und mehrere Paar Socken zu sehen. Die Kriminalistin kniete sich hin und tastete nach Geheimfächern oder doppelten Böden. Doch sie fand nichts.

»Was denkst du über diese Behausung, Enno?«

»Es kommt mir so vor, als ob Lübbo in seinem eigenen Elternhaus nur zu Gast gewesen wäre.«

»Richtig, so sehe ich das auch. Eyk hat ja angedeutet, dass sein Bruder es nirgendwo lange ausgehalten hat. Das wäre eine Erklärung. Trotzdem kommt es mir seltsam vor, dass ein Mann in Lübbos Alter keine persönlichen Erinnerungsstücke hat. Ich denke da an Briefe, Bilder oder Andenken. Gewiss, er hat nicht auf großem Fuß gelebt. Aber sogar Obdachlose haben einige lieb gewordene Dinge im Gepäck, die ihnen die Heimat ersetzen sollen.«

»Du hast recht, das ist wirklich seltsam«, meinte der stämmige Ostfriese. »Womöglich gibt es einen Abstellraum, wo noch mehr Besitztümer von Lübbo eingelagert sind.«

»Ja, wir müssen die Haushälterin danach fragen.«

Die Ermittler nahmen das Zimmer Zentimeter für Zentimeter unter die Lupe, wobei sie besonders auf Verstecke achteten.

»Ob Lübbo ein Smartphone oder ein Handy besessen hat?«, überlegte Enno.

»Wenn ja, dann muss er es verloren haben. Oder sein Mörder hat es geklaut. So ein Mist, das hätten wir Eyk auch noch fragen können.«

»Vielleicht weiß die Haushälterin darüber Bescheid.«

Sie verließen das Zimmer und gingen wieder hinunter. Frau Kaminski werkelte in der Küche.

»Möchten Sie einen Tee?«, fragte sie, als die Ermittler hereinkamen. Die Küche war hochmodern eingerichtet und gewiss sehr teuer gewesen. Nach Monas Schätzung konnten die Haushaltsgeräte nicht älter als ein halbes Jahr sein. Und sie waren ganz gewiss nicht von dem älteren Hamstra-Sohn bezahlt worden.

»Ein Tee geht immer«, erwiderte Enno lächelnd.

Die Frau machte sich an die Zubereitung und servierte außerdem selbst gebackenen Kuchen. Die Ermittler nahmen in der Designer-Frühstücksecke Platz, die nicht so recht zum nostalgischen Charme des Hauses passen wollte.

»Hatten Sie Kontakt zu Lübbo Hamstra, Frau Kaminski?«, fragte Mona.

»Nur, wenn er hier war.«

Nach dem Tonfall der Haushälterin zu urteilen, fand sie es am besten, wenn er durch Abwesenheit glänzte.

»War er oft hier?«

»Zum Glück nicht.«

»Das klingt nicht danach, als ob Sie Lübbo Hamstra besonders gemocht hätten.«

»Er war der Bruder meines Chefs, aber nicht mein Chef«, stellte Frau Kaminski klar. »Trotzdem benahm er sich, als ob ich seine Sklavin wäre. Haben Sie ihn gesehen? Er sieht aus wie ein Penner. Ich war froh, wenn ich ihm nicht begegnet bin.«

»Lübbo Hamstra war kürzlich in Amsterdam. Was könnte er dort gewollt haben?«, forschte die Kommissarin. Frau Kaminski zuckte mit den Schultern.

»Ich weiß es nicht. Vielleicht Drogen kaufen.«

Auf diesen Gedanken war Mona auch schon gekommen. Allerdings hatte sie Schwierigkeiten, sich diesen älteren verwahrlosten Mann als ausgekochten Drogenkurier vorzustellen. Mit seiner ungepflegten äußeren Erscheinung musste er zwangsläufig die Aufmerksamkeit von Polizei oder Zoll auf sich ziehen. Die Dealer benutzten heutzutage vorzugsweise möglichst harmlos und adrett aussehende Menschen als Schmuggler. Es brachte nichts, jetzt darüber zu spekulieren. Bei der Obduktion würde sich zumindest feststellen lassen, ob das Mordopfer selbst Rauschgift konsumiert hatte.

Nun hakte Enno nach.

»Sie haben also nicht oft mit Lübbo Hamstra gesprochen?«

»Richtig, Herr Moll. So wenig wie möglich.«

»Hatte er ein Handy?«

»Das weiß ich nicht.«

»Haben Sie sein Zimmer aufgeräumt, nachdem er fort war?«

»Selbstverständlich, dafür werde ich doch bezahlt.«

»Wer könnte ihn getötet haben?«, fragte der Ostfriese direkt. »Hatte er Streit mit jemandem?«

Die Haushälterin antwortete nicht sofort. Monas Menschenkenntnis sagte ihr, dass ihr Gegenüber etwas verschweigen wollte.

»Wenn Sie die Polizei anlügen, müssen Sie mit Konsequenzen rechnen!«, blaffte die Kommissarin. Intuitiv erkannte sie, dass man Frau Kaminski anraunzen musste, wenn man die Wahrheit erfahren wollte.

Und der Erfolg gab ihr recht.

»Es gab vor einer Woche Streit zwischen Herrn Hamstra und seinem Bruder«, räumte die Haushälterin mürrisch ein. »Aber er hat ihn bestimmt nicht umgebracht!«

Das können wir wohl besser beurteilen, dachte Mona. Sie sagte: »Wir haben gehört, dass gestern die Polizei schon einmal hier war?«

»Ja, das stimmt. Lübbo Hamstra hatte keinen Ausweis bei sich und war betrunken. Sein Bruder musste kommen und den Pass suchen. Dann gingen die Polizisten wieder weg, und Lübbo Hamstra legte sich schlafen.«

»Hat sein Bruder ihm Vorwürfe gemacht?«

»Nein, es gab kein böses Wort. Herr Hamstra kehrte in seine Werkstatt zurück. Später sollte noch eine Feier stattfinden, zusammen mit den Gesellen. Lübbo Hamstra schlief seinen Rausch aus. Als er gegen achtzehn Uhr das Haus verließ, war er wieder einigermaßen nüchtern. So kam es mir jedenfalls vor.«

»Hat er Ihnen gesagt, wohin er ging? Oder mit wem er sich treffen wollte?«

Die Haushälterin schaute Mona an, als ob sie etwas unglaublich Dummes gefragt hätte.

»Dieser Kerl hat nur das Nötigste mit mir gesprochen. Er dachte wohl, er wäre etwas Besseres. Dabei lebte er nur davon, dass sein Bruder so fleißig ist.«

Frau Kaminskis Abneigung gegen den Ermordeten schien echt zu sein. Mona tastete sich weiter vor.

»Sie haben von dem Fest gesprochen. Wo fand es statt?«

»Im Hinterzimmer vom *Captain Hook*. Geschlossene Gesellschaft.«

»Können Sie mir sagen, wann Eyk Hamstra nach Hause gekommen ist?«

»Das muss nach Mitternacht gewesen sein, ungefähr halb eins. Ich habe gehört, wie er die Haustür aufgeschlossen hat. Dann bin ich wieder eingeschlafen.«

Noch wussten die Ermittler nicht, wann genau Lübbo Hamstra ermordet worden war. Auch die Alibis der Gesellen mussten noch überprüft werden. Und was war mit Tede? Konnte er in Lübbos Ermordung verwickelt sein? Mona ahnte, dass dieser Fall vielschichtiger war, als es auf den ersten Blick schien.

»Ging Eyk Hamstra noch einmal fort?«, wollte Enno wissen.

»Nein, das hätte ich mitbekommen«, behauptete die Haushälterin. »Sie glauben doch nicht, dass er etwas mit dem Tod seines Bruders zu tun hat?«

Die Kriminalisten ließen die Frage unbeantwortet. Mona gab der Haushälterin zum Abschied eine ihrer Visitenkarten.

»Bitte rufen Sie mich an, falls Ihnen noch etwas einfällt. Jede Kleinigkeit kann wichtig sein.«

Die Ermittler fuhren zur Polizeistation zurück. Mona rief beim Polizeipräsidium in Amsterdam an. Da sie nur wenige Brocken Niederländisch beherrschte, bat sie um den Kontakt zu einem Deutsch sprechenden Beamten. Es dauerte nicht lange, bis sie mit einem gewissen Inspecteur Johan de Wit verbunden wurde. Mona stellte sich vor und kam sofort zur Sache.

»Es geht um einen deutschen Staatsangehörigen namens Lübbo Hamstra. Er hielt sich vor einigen Tagen in Amsterdam auf. Wir wüssten gern, ob er in kriminelle Aktivitäten verstrickt war.«

De Wit ließ sich den Namen buchstabieren. Die Kommissarin hörte, wie er auf seiner Computertastatur klapperte.

»Du hast Pech, Mona. Oder Glück, wie man es nimmt. Wir haben Lübbo Hamstra weder verhaftet noch als Zeugen oder Verdächtigen vernommen.«

Sie wusste, dass Niederländer einander eher duzten als Deutsche. Daher nahm Mona keinen Anstoß daran, dass der ihr unbekannte Kollege sie mit dem Vornamen anredete.

»Das ist doch nur die eine Seite der Medaille, Johan. Nur, weil es keine offiziellen Berichte gibt, muss Lübbo Hamstra kein Unschuldsengel sein.«

Der niederländische Kriminalist lachte.

»Ja, das stimmt wohl. Soll ich mich mal für dich umhören?«

»Das wäre prima.«

»Dann muss ich aber wissen, in welchen Töpfen dieser Kerl rührt. Drogen? Menschenhandel? Schutzgelderpressung? Medikamentenschmuggel?«

»Ich habe keine Ahnung«, gestand Mona. »Er wurde vor Jahren von einem Niederländer namens Pieter van Geldern niedergestochen. Van Geldern ist noch in Lingen inhaftiert. Ich weiß nicht, ob es da einen Zusammenhang gibt.«

»Ich werde sehen, was ich tun kann, Mona. Ich melde mich bei dir.«

De Wit ließ sich noch ihre Telefonnummer geben, dann beendete er das Telefonat.

Währenddessen war Enno nicht untätig geblieben. Er hatte ebenfalls den Hörer in der Hand gehalten. Da die Kommissarin sich auf ihr eigenes Gespräch konzentriert hatte, wusste sie nicht, worum es bei ihm gegangen war. Sie schaute ihn fragend an.

»Ich habe mit der Gefängnisleitung der JVA Lingen gesprochen«, berichtete der Oberkommissar. »Es besteht die Möglichkeit, Pieter van Geldern zu verhören. Ob er die Wahrheit über seine damalige Auseinandersetzung mit Lübbo sagt, ist allerdings eine ganz andere Frage.«

»Einen Versuch ist es wert«, meinte Mona. »Der Chef wird allerdings niemals erlauben, dass wir beide nach Lingen fahren, um uns den Kriminellen vorzuknöpfen.«

Und so war es auch. Oltbeck bekam ein langes Gesicht, als die Ermittler ihm wenig später ihren Zwischenbericht ablieferten. Doch er war offensichtlich sehr stark an einem schnellen Ermittlungserfolg interessiert.

»Dann fahren Sie, Herr Moll, in Gottes Namen aufs Festland und befragen diesen Holländer«, ordnete der Dienststellenleiter zögernd an. »Aber kommen Sie möglichst noch am selben Tag zurück!«

»Keine Sorge, ich schlafe am liebsten in meinem eigenen Bett«, gab der wuchtige Ostfriese zurück. Wenn er am nächsten Morgen mit der ersten Fähre nach Emden fuhr und dort den Bahnanschluss nach Lingen erwischte, konnte er wirklich noch am Abend auf seine geliebte Heimatinsel zurückkehren.

Nach der Besprechung mit dem Chef hielten die Ermittler nach dem jungen Polizeimeister Hinderk Ekhoff Ausschau. Laut Protokoll war er zusammen mit Grietje im Streifendienst gewesen, als sie am Vortag Lübbo Hamstra aufgegriffen hatten. Mona hielt nicht allzu viel davon, sich an den trockenen Informationen des Berichts zu orientieren. Sie fand es wichtiger, zwischen den Zeilen zu lesen. Und dafür eignete es sich einfach besser, wenn man mit den Beteiligten direkt sprach.

Die Kriminalisten konnten Ekhoff abpassen, als er gerade den Streifenwagen besteigen wollte.

»Habt ihr einen dringenden Einsatz, Hinderk?«, fragte Enno. Der Polizeimeister schüttelte den Kopf.

»Nein, Britt und ich wollten zu einer regulären Streifenfahrt aufbrechen.«

Er deutete auf die Kollegin, die nun Grietje vertrat und bereits am Lenkrad Platz genommen hatte.

»Es dauert nicht lange«, versicherte Mona. »Wir möchten mit dir noch einmal den Einsatz durchgehen, bei dem ihr gestern einen gewissen Lübbo Hamstra festgesetzt habt.«

Ekhoff kniff die Augen zusammen.

»Ich habe schon gehört, dass er inzwischen ermordet wurde. Er hat uns gegenüber nicht geäußert, dass ihn jemand verfolgen würde.«

»Wir müssen uns ein Gesamtbild machen«, erklärte der schwergewichtige Oberkommissar. »Erzähl uns bitte der Reihe nach, was passiert ist.«

»Genau wie heute haben wir die Insel auf unserer regulären Patrouille bestreift«, begann der Polizeimeister. »Da kam gegen elf

Uhr morgens ein Funkspruch herein. Touristen und Gastronomiemitarbeiter beschwerten sich über einen Mann, der auf der Promenade wahllos Passanten anpöbelte. Grietje und ich fuhren sofort hin. Dort trafen wir auf diesen Bärtigen, der zunächst seinen Namen nicht sagte und sich auch nicht ausweisen konnte.«

»War er betrunken?«, wollte Mona wissen.

»Als wir einen Atem-Alkoholtest mit ihm machten, konnten wir nur einen niedrigen Wert feststellen«, erwiderte der Kollege. »Nach meiner Einschätzung konnte die Person höchstens ein oder zwei Bier intus haben.«

»Es gibt eben Leute, die keinen Alkohol vertragen und denen schon von kleinsten Mengen schlecht wird«, stellte Enno fest.

»Das war das richtige Stichwort«, sagte Ekhoff. »Als Grietje nämlich seine Taschen durchsuchte, wurde ihm plötzlich übel. Ein beträchtlicher Anteil der Bescherung ist auf ihrer Uniformhose gelandet.«

»So eine Sauerei!«, stieß die Kommissarin hervor. Sie konnte sich noch gut an ihre Zeit im Streifendienst erinnern, als ihr so etwas mehr als einmal selbst zugestoßen war.

»Allmählich verloren wir die Geduld, wie ihr euch denken könnt«, fuhr der Polizist fort. »Der Kerl behauptete, Lübbo Hamstra zu heißen, hatte aber keine Papiere bei sich. Also chauffierten wir ihn zu seinem Bruder, um eine Personenfeststellung zu machen. Eyk Hamstra war nicht erfreut, nahm aber seinen Bruder sofort in Schutz und konnte uns schließlich den Reisepass seines Bruders vorlegen.«

»Ihr habt Hamstra nicht in die Ausnüchterungszelle gesperrt«, stellte Enno fest.

»Ja, so eine Maßnahme schien uns übertrieben. Es war ja kaum Alkohol in seinem Blut, wie gesagt. Außerdem wurde er immer kooperativer, je länger wir uns mit ihm beschäftigten. Er hat sich bei Grietje x-mal für sein Malheur entschuldigt. Also beließen wir es bei einer mündlichen Verwarnung.«

»Wie hast du Lübbo Hamstra erlebt, Hinderk?«, fragte Enno. »Wirkte er verängstigt? So, als ob ihn jemand verfolgen würde? Ist dir überhaupt etwas Besonderes an ihm aufgefallen?«

Der Kollege legte nachdenklich die Stirn in Falten.

»Nein, besonders furchtsam kam mir Hamstra nicht vor. Auch uns gegenüber nicht. Wie gesagt, anfangs auf der Promenade war er noch renitent. Doch sobald wir ihn im Streifenwagen sitzen hatten, benahm er sich völlig anders. Da war ihm allerdings bereits übel geworden. Ich vermute, dass er sich vor Grietje geschämt hat.«

Das war natürlich eine Möglichkeit. Konnte es für den plötzlichen Stimmungswechsel eventuell einen ganz anderen Grund geben? Mona führte sich vor Augen, dass Lübbo auf der Promenade besonders auffällig gewesen war. Aggressives Verhalten kannte sie normalerweise nur von Menschen mit einem viel höheren Alkoholpegel.

Hatte Hamstra es vielleicht auf eine Verhaftung angelegt, weil er die Sicherheit des Polizeigewahrsams gesucht hatte? Doch warum war er dann später zur Promenade zurückgekehrt? Oder wurde er dazu gezwungen? Mona musste noch viel mehr Hintergrundinformationen bekommen, um das Verhalten des Mordopfers richtig deuten zu können.

»Wie hat Grietje eigentlich reagiert?«, fragte Enno. »Wir wissen ja, dass sie kein Blatt vor den Mund nimmt.«

Ekhoff grinste.

»Das kann man wohl sagen. Als Hamstra übel wurde, hat Grietje zunächst geschimpft wie ein Rohrspatz. Doch später nahm sie seine Entschuldigung an. Ich glaube, er hat ihr sogar ein wenig leidgetan.«

Die Kommissarin nickte langsam. Sie führte sich vor Augen, dass Hamstra nicht nur im Gefängnis gesessen hatte, sondern dort auch schwer verletzt worden war. Man hätte also meinen können, dass er einer neuerlichen Verhaftung um jeden Preis entgehen wollte. Gewiss, es gab auch unbelehrbare Kriminelle. Aber Hamstra war einige Jahre lang polizeilich überhaupt nicht in Erscheinung getreten.

Sein Verhalten musste rätselhaft erscheinen, solange seine Motivation ein Geheimnis blieb.

»Vielen Dank, Hinderk«, sagte Mona schließlich, weil der Kollege sie immer noch fragend anschaute. Er nickte ihr und dem Oberkommissar zu und stieg in den Streifenwagen. Die Kommissarin wandte sich an Enno.

»Ich hatte gerade überlegt, ob Lübbo sich absichtlich verhaften lassen wollte, um Verfolgern zu entgehen. Doch das ergibt keinen Sinn.«

»Weil er nicht aggressiv genug gewesen ist, um in der Ausnüchterungszelle zu landen?«

»Ja, genau! Im Polizeigewahrsam wäre er vor Leuten sicher gewesen, die es auf ihn abgesehen hatten. Doch anstatt den wilden

Mann zu spielen, wird er plötzlich lammfromm und bittet um Verzeihung, wie es sich für einen höflichen Menschen gehört.«

»Lübbo war ein schwieriger Charakter«, erklärte Enno. »Es stimmt natürlich, dass sein Verhalten widersprüchlich ist. Was hältst du davon, wenn wir die übrigen Mitglieder der Borkum Gents befragen? Womöglich hatte einer von ihnen eine engere Verbindung mit dem Ermordeten.«

Mona nickte.

»Und so wie ich dich kenne, hast du ihre Namen schon parat, Enno.«

»Ja, natürlich. Die Band gibt es ja schon länger. Die Borkum Gents sind auf der Insel und an der ostfriesischen Küste recht erfolgreich. Doch sie haben nie genug verdient, um ihre bürgerlichen Berufe an den Nagel hängen zu können. Den Bandleader Eyk hast du ja nun schon kennengelernt.«

»Was für ein Instrument spielt er eigentlich?«

»Eyk steuert seine eigene Stimme bei, also Gesang. Der Bassist heißt Joris Kanter, er unterrichtet hauptberuflich an der Schule. Dann gibt es noch Merten Faber an der Bluesharp, der seine Brötchen als Koch verdient. Und am Klavier sitzt Fiete Piel, er arbeitet als Segelmacher. Der Gitarrist Tede Kupper wurde ja womöglich ermordet, ist aber auf jeden Fall spurlos verschwunden, wie du mir erzählt hast. Er hilft in Eyks Tischlerei aus, wie wir gehört haben. Von einem anderen Job weiß ich nichts.«

Mona horchte auf.

»Piel ist ein Segelmacher?«

Der Ostfriese nickte.

»Das ist wahr. Du denkst an die Ahlen, oder? Willst du zuerst Fiete Piel auf den Zahn fühlen?«

»Zuvor würde ich gern noch bei Tede Kuppers Behausung vorbeischauen«, gestand Mona. »Ich habe vorhin schon ins Einwohnermelderegister geschaut, er wohnt in der Norderstraße. Vielleicht finden wir dort einen Hinweis darauf, wohin er verschwunden sein könnte.«

Ihr Kollege blinzelte ihr listig zu.

»Na ja, wir ermitteln nach wie vor im Mordfall Lübbo Hamstra. Also können die Emder Kollegen nichts gegen unsere Nachforschungen einzuwenden haben, falls wir ihnen noch einmal über den Weg laufen …«

»Was ich gern vermeiden würde«, seufzte die Kommissarin. Die Kriminalisten stiegen in ihren Opel Vectra und fuhren zu der stillen Wohnstraße unweit der Kirche Maria Meeresstern hinüber.

»Ich glaube, Tedes Vermieter ist mir bekannt«, brummte Enno. Mona warf dem stämmigen Ostfriesen einen fragenden Blick zu, als er zielsicher auf ein heruntergekommenes Friesenhaus zusteuerte. Zwischen den schmucken und gepflegten Gebäuden links und rechts davon wirkte es wie ein fauler Zahn in einem ansonsten perfekten Gebiss. Die Kommissarin schätzte, dass das kleine Haus höchstens über drei Zimmer verfügte. Wenn Tede nur gelegentlich als Aushilfe in der Tischlerei arbeitete, konnte er sich gewiss keine luxuriöse Unterkunft leisten.

Enno klopfte mit seiner großen Faust gegen die Tür.

»Mach auf, Fokke! Wir wissen, dass du da bist!«, rief er. Und an Mona gewandt fügte Enno hinzu: »Fokke ist so gut wie immer daheim.«

Es dauerte ein paar Minuten, bis aus dem Inneren des Hauses schlurfende Schritte zu hören waren. Dann wurde die Tür durch einen Senior mit ungepflegten langen Haaren geöffnet. Marihuanarauch schwadete den Ermittlern entgegen. Enno kannte den Althippie offensichtlich.

»Moin, Fokke. Kennst du meine Kollegin Mona Sander schon? Wir sind wegen Tede Kupper hier.«

Der Hauseigentümer riss seinen breiten Mund auf.

»Tede ist ein guter Junge. Er war gestern Abend die ganze Zeit lang hier. Das kann ich bezeugen.«

Mona kniff die Augen zusammen.

»Nein, das stimmt nicht. Tede war gestern Abend bei seiner Freundin Grietje Smit.«

Fokke Donker schüttelte störrisch den Kopf.

»Das ist unmöglich, er war die ganze Zeit bei mir.«

Nun schaltete sich Enno ein.

»Wir möchten uns gern sein Zimmer ansehen.«

Der Althippie ließ sie zögernd herein. In dem Haus herrschte überall Unordnung, wie Mona im Vorbeigehen bemerkte. Nur das Zimmer, in dem Tede angeblich wohnte, war penibel aufgeräumt und spartanisch eingerichtet. Es enthielt nur wenige Möbel. Die Ermittler schauten sich um, fanden aber keine Hinweise auf den momentanen Aufenthalt des Bewohners. Das Bett war gemacht. Die Kommissarin konnte sich nicht vorstellen, dass Donker diese Aufgabe übernommen hatte.

»Tede mag es nicht, wenn ich sein Zimmer betrete«, sagte der Hausherr. »Und ich weiß gar nicht, was ihr wollt. Tede war die ganze Zeit bei mir, wie oft soll ich das noch sagen?«

»Du sagst uns jetzt sofort, wo Tede ist«, forderte der Oberkommissar.

»Er wird bei der Arbeit in der Tischlerei sein. Ansonsten ist er immer hier bei mir im Haus«, behauptete der Alte.

Mona und Enno tauschten einen Blick. Tede hatte offenbar einen Vermieter, der bereit war, für ihn hemmungslos zu lügen.

Aus welchem Grund?

Was hatte Grietjes verschwundener Freund zu verbergen?

Kapitel 6

»Warum lässt man sich von so einem Haschmeister ein Alibi geben?«, dachte Mona laut nach, während sie gemeinsam mit Enno Richtung Hafen fuhr. Die Kriminalisten hatten Donker zuvor über die möglichen Folgen einer Falschaussage informiert. Doch er war starrsinnig bei seiner offensichtlich falschen Angabe geblieben.

Enno saß wieder am Lenkrad. Er hob seine breiten Schultern.

»Ich kenne Fokke seit vielen Jahren. Er hat sich schon in seiner Jugend um den Verstand gekifft. Womöglich hat Tede nur eine billige Unterkunft gebraucht, und das Alibi ist sozusagen eine Zugabe. Niemand nimmt Fokke ernst, er ist ein schwacher Zeuge. Und Tedes Bude sah mir nicht so aus, als ob er sich dort oft aufhalten würde. Womöglich brauchte er einfach nur eine offizielle Meldeadresse und hat ansonsten andere Dinge getrieben. Wir wissen noch viel zu wenig über ihn.«

»Das kannst du laut sagen! Und was ist mit den anderen Bandmitgliedern? Ich schätze, dass diese Borkum Gents alle unter einer Decke stecken«, grollte Mona.

»Glaubst du ernsthaft, dass Eyk etwas mit der Ermordung seines Bruders zu tun hat? Er war doch völlig fertig, als wir ihm die Todesnachricht überbracht haben.«

»Na ja, Eyk selbst wohl nicht«, räumte die Kriminalistin ein. »Zumindest sehe ich bei ihm kein Motiv. Aber wie sieht es bei den anderen Kerlen aus? Bisher erscheint Lübbos Ermordung als eine sinnlose Tat. Ich hoffe, dass mein Amsterdam-Kontakt etwas Licht ins Dunkel bringt. Und es wäre auch gut, wenn du morgen mit neuen Informationen aus Lingen zurückkehren würdest.«

Der Oberkommissar grinste breit.

»Oltbeck wird ganz deiner Meinung sein! Ich kann sowieso kaum glauben, dass er mir eine Dienstreise genehmigt hat.«

Mona nickte lächelnd, erwiderte aber nichts. Sie hatten nun ihr Fahrtziel erreicht. Fiete Piels Segelmacherei befand sich in der Nähe des Yachthafens. Die Straße hieß An der Fischerbalje. Der Handwerker blickte auf, als die Polizisten seine Werkstatt betraten. Sie war in einer schmucklosen Baracke untergebracht. Seine Kunden erwarteten vermutlich keinen modischen Schnickschnack, sondern solides Material, das sie bei einer Orkanbö nicht im Stich lassen würde.

»Moin, Enno. Ich habe schon gehört, was geschehen ist. Eine schreckliche Sache«, sagte Piel. Er war ein braun gebrannter Mann Anfang sechzig mit hellen Pupillen und einem schmalen Gesicht. Der Segelmacher trug eines dieser blau-weiß gestreiften Arbeitshemden, die in Hamburg Buscherump genannt werden. Mona betrachtete nachdenklich seine kräftigen Finger und seine sehnigen Unterarme. Unwillkürlich musste sie daran denken, dass er eine Ahle problemlos mit einer einzigen Bewegung in einen Körper würde stoßen können.

Der Oberkommissar nickte Piel zu und stellte Mona vor. Sie fragte: »Von welcher schrecklichen Sache sprechen Sie? Meinen Sie Lübbo Hamstras Tod oder Tede Kuppers spurloses Verschwinden?«

Sie beobachtete ihr Gegenüber genau, während sie sprach. Es kam der Kommissarin so vor, als ob Piel unwillkürlich eine Verteidigungshaltung einnahm. Er saß nun kerzengerade auf seinem Schemel und ließ das Segel sinken, an dem er gerade gearbeitet hatte. So, als müsse er sich gleich mit beiden Händen seiner Haut wehren.

»Eyk hat die anderen Jungs und mich angerufen. Von ihm habe ich erfahren, was seinem Bruder zugestoßen ist. Tede ist fort? Davon weiß ich nichts.«

»Sie scheinen so einiges nicht zu wissen«, höhnte Mona. Dieser Mann verbarg etwas vor ihr und Enno, daran hatte sie keinen Zweifel. Allerdings konnte sie ihm noch nichts nachweisen. Auch ihr Kollege schien Piel Dampf machen zu wollen.

»Fiete, wir ermitteln in einem Mordfall. Wenn du uns etwas verheimlichst, dann kannst du große Schwierigkeiten bekommen. Du musst gar nicht selbst eine Straftat begangen haben. Es ist fast genauso schlimm, wenn man einen Kriminellen deckt.«

Der Segelmacher ließ den Kopf sinken und hob gleichzeitig die Schultern an. Seine Lippen glichen einem schmalen Strich. Für Mona war es eindeutig, dass er Angst hatte. Und zwar nicht vor der Polizei.

»Ich kann nicht viel über Tede sagen, ehrlich. Wir sind keine Freunde, nur Bandkollegen. Wir treffen uns bei den Proben und den Auftritten, das ist alles. Mit Tede würde ich privat nie ein Bier trinken gehen.«

»Warum nicht?«, hakte Enno nach.

»Wir haben einfach nicht dieselbe Wellenlänge.«

Diese Aussage klang nach Monas Geschmack wie eine faule Ausrede. Allerdings musste sie sich zunächst damit zufriedengeben.

»Und wie war Ihr Verhältnis zu Lübbo?«, wollte sie wissen. »Haben Sie sich mit dem Mann besser verstanden?«

Als sie den Namen erwähnte, zuckte Piel leicht zusammen. Er hatte wahrscheinlich versucht, es zu verbergen. Doch seine Körpersprache war eindeutig.

»Na ja, Lübbo war ja selten auf Borkum. Er ging seine eigenen Wege, und außerdem gehörte er überhaupt nicht zur Band. Wenn ich ihm mal begegnete, fand ich ihn sympathisch.«

»Ich glaube Ihnen nicht«, sagte die Kommissarin dem Segelmacher auf den Kopf zu. »Vielmehr vermute ich, dass Sie sich vor Lübbo fürchteten.«

»Vor diesem Wrack?«, platzte Piel heraus. »Sie haben doch keine Ahnung!«

»Deshalb sind wir ja hier«, sagte Enno freundlich. »Damit du uns aufklärst. Wer könnte Lübbo deiner Meinung nach getötet haben?«

»Keine Ahnung, vielleicht ein Verrückter. Das müsst ihr doch herausfinden!«

»Das werden wir, keine Sorge«, sagte Mona. Sie schaute Piel so tief in die Augen, als ob sie ihn hypnotisieren wollte. Er wich ihrem Blick schließlich aus.

»Ich habe euch nichts weiter zu sagen!« Piel verschränkte störrisch die Arme vor der Brust.

»Wenn du uns jetzt noch verrätst, was du gestern Abend und während der Nacht getan hast, sind wir schon so gut wie weg«, kündigte Enno an.

Der Segelmacher verzog den Mund.

»Ich habe bis gegen neunzehn Uhr gearbeitet, später genehmigte ich mir ein Feierabendbier nebenan im *Yachthafen Café*. Dort bin ich eine halbe Stunde geblieben, dann fuhr ich nach Hause. Dort habe ich mir ein Fußballspiel in der Glotze angesehen und bin nach dem Abpfiff ins Bett.«

»Gibt es dafür Zeugen, Fiete?«

»Im Yachthafen Café bin ich Stammgast, Enno. Für den Rest des Abends sieht es mau aus, denn ich lebe allein. Wollt ihr mich jetzt verhaften?«

»Nun lass mal die Kirche im Dorf«, brummte der hünenhafte Ostfriese. »Wer hat denn das Spiel gewonnen?«

»Borussia Dortmund.«

»Wir wissen ja, wo wir Sie finden, falls es noch Fragen gibt«, sagte Mona zum Abschied. Sie fand, dass sich ihre Worte wie eine Drohung anhörten. Und das war durchaus beabsichtigt.

Enno blinzelte ihr zu, als sie in den Dienstwagen stiegen.

»Auch diesmal haben wir die Klappe gehalten, was die Mordwaffe angeht«, stellte er fest.

Die Kommissarin nickte eifrig.

»Ja, ich musste mir wirklich auf die Zunge beißen. Hast du gesehen, wie viele Ahlen dort am Werkzeugbrett aufgehängt waren? Da kommt es auf eine mehr oder weniger gar nicht an.«

Enno zuckte mit den Schultern.

»Fiete braucht diese Werkzeuge eben für seine Arbeit.«

»Dir ist gewiss auch aufgefallen, dass er die Nähnadel mit links führt?«

»Gut, der Mord ist höchstwahrscheinlich von einem Linkshänder begangen worden. Aber wäre ein Segelmacher wirklich so dämlich, die Tat mit diesem typischen Arbeitsgerät auszuführen?«

»Das ist normalerweise ein guter Einwand«, räumte Mona ein. »In diesem Fall gibt es allerdings noch mehrere Personen im Umfeld des Opfers, die mit Ahlen zu tun haben. Beispielsweise der Bruder und dessen Gesellen, die wir auch noch nicht überprüft haben. Außerdem könnte es sich um ein spontanes Verbrechen handeln. Piel hatte das Werkzeug aus irgendeinem Grund bei sich. Er traf Lübbo, die Situation lief aus dem Ruder – und plötzlich stieß Piel mit der Ahle zu!«

»Einverstanden, und aus welchem Grund?«

»Das müssen wir noch herausfinden«, sagte die Kriminalistin. »Wenn wir schon mal hier unten am Hafen sind, sollten wir noch einmal bei Hamstra vorbeischauen. Vielleicht haben seine Gesellen ja inzwischen ihren Rausch ausgeschlafen.«

Die Kommissare fuhren zur Werkhalle des Tischlers hinüber, wo Eyk Hamstra verbissen weiterarbeitete. Er hatte sich ein Stück schwarzes Tuch um den linken Oberarm gebunden und war auffallend blass. Seine Miene war verschlossen.

»Habt ihr den Mörder gefunden?«, wollte der Tischlermeister wissen, als er die Ermittler bemerkte.

»Wir suchen mit Hochdruck nach ihm«, versicherte Mona. »Können wir mit Ihren Gesellen sprechen?«

»Meinetwegen«, gab Hamstra zurück. Er stieß einen schrillen Pfiff aus. Daraufhin kamen zwei junge Männer aus dem hinteren Bereich der Halle herbeigetrabt, der vom Eingang aus nicht einzusehen gewesen war.

»Die Polizei will mit euch reden«, sagte der Chef und widmete sich wieder seinem Werkstück. Mona hatte in ihrem Beruf gelernt, die Menschen einzuschätzen. Meist gelang es ihr ganz gut. Eyk Hamstra war in ihren Augen ein Macher, und zwar vom Scheitel bis zur Sohle. Dass der Tod seines älteren Bruders ihn geschockt haben musste, bezweifelte sie nicht. Doch ein Mann wie Hamstra verfiel nicht in eine Erstarrung oder ließ seinen Tränen freien Lauf. Er stürzte sich in die Arbeit, die für ihn offensichtlich sein Lebensinhalt war.

Die Gesellen stellten sich als Reemt Bolte und Nanno Klose vor. Bolte war dunkelhaarig, sein Kollege blond. Ansonsten ähnelten die Männer einander. Beide hatten eine athletische Figur. Ihre aufgequollenen und geröteten Gesichter zeigten deutlich, dass sie dem Alkohol in der vergangenen Nacht kräftig zugesprochen hatten. Bolte und Klose machten einen betretenen Eindruck. Natürlich hatten sie inzwischen auch von Lübbos Tod erfahren. Die Frage lautete nur, ob einer von ihnen etwas damit zu tun hatte.

Mona und Enno befragten die Gesellen zunächst zu der Betriebsfeier, und zwar getrennt voneinander. So sollte verhindert werden, dass sie sich absprechen konnten. Die Kommissarin kannte die Strandbar Captain Hook. Wenn die Männer dort im Hinterzimmer gezecht hatten, konnte einer von ihnen problemlos durch den Notausgang verschwinden, ohne von den Gästen vorn im Lokal bemerkt zu werden.

Die Kommissarin knöpfte sich Reemt Bolte vor. Sie hatte sich mit ihm zusammen so weit von Enno und dem anderen Gesellen entfernt, dass man deren Gespräch nicht mehr belauschen konnte. Und umgekehrt.

Der Tischlergeselle wirkte nervös. Oder war er einfach nur verkatert? Jedenfalls konnte er kaum stillstehen, als Mona ihn von oben bis unten musterte. Sie hatte mit der Befragung noch gar nicht begonnen.

»Was wollen Sie denn von mir? Ich habe den Bruder des Chefs schon länger nicht gesehen!«

»Ist das so, Herr Bolte? Geht das auch etwas genauer?«

»Vielleicht vor einem Monat oder so.«

Die Kommissarin führte sich vor Augen, dass Lübbo Hamstra erst drei Tage zuvor in Amsterdam gewesen war. Also konnte diese Angabe durchaus stimmen. Noch war völlig unklar, was er in der jüngsten Vergangenheit getrieben hatte. Mona beschloss, den Druck zu erhöhen. Immerhin ging es hier um Mord.

»Wenn wir Sie bei der Unwahrheit ertappen, sieht es gar nicht gut für Sie aus. Das muss Ihnen doch klar sein.«

Sie blickte ihr Gegenüber an, als ob sie ihn bereits einer Lüge überführt hätte.

»Also gut, ich habe Lübbo gestern Abend gesehen. Da war ich auf dem Weg zu unserer Betriebsfeier. Aber er hat noch gelebt, das müssen Sie mir glauben.«

»Und warum wollten Sie mir diese Begegnung zuerst verschweigen?«

Der Geselle antwortete nicht sofort, sondern starrte stumpf vor sich hin. Als Mona schon nachhaken wollte, öffnete er schließlich doch den Mund.

»Ich wollte mich nicht verdächtig machen.«

Das hast du ja prima hingekriegt!, dachte die Kommissarin.

»Erzählen Sie mir mehr!«, forderte sie.

»Lübbo saß vor dem *Pferdestall*, und er war nicht allein. Bei ihm am Tisch war eine Frau, ein echter Feger. Ich konnte erst nicht glauben, dass so eine Granate sich mit dem alten Zausel abgibt. Aber der Typ bei ihr war der Bruder unseres Chefs, das steht fest.«

Mona machte sich Notizen. Der Pferdestall war ein beliebtes Bistro mit Außengastronomie in der Bismarckstraße.

»So, und nun mal *Butter bei die Fische*, wie man so schön sagt. Warum haben Sie diese Beobachtung tatsächlich verschwiegen? Wir verdächtigen Sie bestimmt nicht, weil Sie uns etwas über diese Frau – diese sogenannte *Granate* – erzählen. Das ist Schwachsinn!«

Bolte schnappte nach Luft. Offenbar hatte die Kommissarin genau den richtigen Ton angeschlagen.

»Es stimmt, ich hätte gleich auspacken sollen. Ich bin noch ganz durcheinander, verstehen Sie? Gestern Nacht haben wir gesoffen wie die Kesselflicker, heute komme ich zur Arbeit und erfahre von Lübbos Tod. Und dann erscheint auch noch die Polizei und fragt mir ein Loch in den Bauch.«

»Mir kommen gleich die Tränen«, spottete Mona. »Sie haben allerdings immer noch nicht gebeichtet, warum Sie uns diese Frau verschweigen wollten.«

»Weil der Chef auch etwas mit ihr hat!«, raunte der Geselle und schaute unwillkürlich in Hamstras Richtung. »Es ist schon hart genug für ihn, dass sein Bruder nicht mehr lebt. Da muss er nicht auch noch mitkriegen, dass die beiden sich hinter seinem Rücken getroffen haben.«

Nach Monas Meinung war es noch kein Beweis für Untreue, wenn eine Frau mit einem Mann etwas trinken ging. Auf jeden Fall war ihr Interesse an dieser Unbekannten geweckt. Sie konnte womöglich eine wichtige Zeugin sein.

Oder eine Mordverdächtige.

»Können Sie die Dame beschreiben?«, fragte die Kommissarin.

»Sie sieht wie ein Model aus«, schwärmte Bolte. »Lange Beine, enges bauchfreies Top, knappe Shorts, blondes gelocktes Haar, das bis auf die Schultern fällt.«

Die Beschreibung passte nach Monas Meinung weniger für ein Fotomodell als für die Frauen, die im Amsterdamer Rotlichtviertel in den Fenstern saßen. Doch sie sparte sich einen Kommentar. Falls die Beschreibung durch den Tischlergesellen zutraf, würde diese Frau leicht zu finden sein.

Auf einer Ferieninsel wie Borkum war sie zweifellos eine auffallende Erscheinung.

»Den Namen dieser Dame kennen Sie nicht zufällig?«, wollte Mona wissen.

»Nee, den wüsste ich selber gern.«

Davon war die Kriminalistin überzeugt.

»Wir suchen Tede Kupper«, erklärte sie nun. »Nach meinen Informationen hat er hier gelegentlich gejobbt. – Was ist so lustig daran?«

»Tede hat zwei linke Hände«, erwiderte der Tischlergeselle. »Dieser Job ist nichts für ihn. Es wundert mich, dass er sich noch keinen Finger abgesäbelt hat. Ich glaube, der Chef hat ihm eher aus Mitleid mal ein paar Euro zugesteckt. Eine echte Hilfe bei der Arbeit ist er jedenfalls nicht. Und wo er sein könnte, weiß ich nicht, bedaure.«

Sie beendete die Befragung, nachdem sie sich noch die Telefonnummer des Zeugen hatte geben lassen. Auch Enno konnte sich wenig später von dem anderen Tischlergesellen verabschieden. Die Ermittler verließen die Werkhalle.

Als sie im Auto saßen, sprudelten die Worte förmlich aus Mona hervor. Sie musste ihrem Kollegen unbedingt mitteilen, was sie herausgefunden hatte.

Enno wirkte überrascht. Er hob seine Augenbrauen.

»Eine aufgetakelte Fregatte, die sowohl mit Eyk als auch mit Lübbo anbandelt? Falls an dieser Geschichte etwas dran ist, sollten wir den jüngeren Bruder doch nicht von unserer Verdächtigenliste streichen. Eigentlich kann ich mir nicht vorstellen, dass Eyk der Mörder ist. Doch er könnte die Tat im Affekt begangen haben. Ich finde es sehr bedauerlich, dass wir den Todeszeitpunkt noch nicht kennen.«

»Den werden wir früher oder später erfahren«, stellte die Kommissarin fest. »Und Boltes Story von der schönen Unbekannten glaube ich erst, wenn ich dieser Dame im Verhörraum gegenübersitze. – Was ist eigentlich bei deinem Gespräch mit Klose herausgekommen? Konnte der andere Geselle etwas Brauchbares beisteuern? Kennt er Tedes Aufenthaltsort?«

»Wie man es nimmt«, erwiderte der Oberkommissar. »Klose gibt zu, irgendwann gegen ein Uhr morgens in dem Hinterzimmer eingepennt zu sein. Als er später wieder aufwachte, war Bolte bereits fort. Also sind die Alibis der beiden Männer für die Stunden vor Lübbos Tod zumindest fraglich. Und wo Tede sein könnte, weiß er angeblich auch nicht.«

»Solange wir kein überzeugendes Motiv für die Tat haben, stochern wir nur im Nebel«, seufzte Mona.

Die Ermittler kehrten in den Ort zurück, wo sie noch die übrigen Mitglieder der Borkum Gents befragen wollten. Doch sie hatten Pech und konnten weder Joris Kanter noch Merten Faber erreichen. Von dem immer noch verschwundenen Tede Kupper ganz zu schweigen.

»Dann wirst du die Knaben wohl morgen allein ins Gebet nehmen müssen«, stellte Enno fest, als er Mona zum Dienstschluss vor ihrem Wohnhaus in der Walfängerstrate absetzte. »Schätzungsweise kann ich erst spät abends auf die Insel zurückkehren.«

»Ich drücke dir die Daumen und hoffe, dass der holländische Knastbruder in Plauderlaune ist«, sagte Mona. »Tschüss.«

»Tschüss, und viele Grüße an deine neue Mitbewohnerin!«

Enno hatte die Beifahrertür geschlossen und fuhr wieder los. Die Kommissarin betrat das Haus und ging die Treppe hoch.

Als sie die Wohnungstür aufschloss, schlug ihr eine dicke Qualmwolke entgegen.

Kapitel 7

Mona stürmte hinein. Die Rauchquelle befand sich in der Küche. Dort war Grietje gerade dabei, eine Art von verbrannter Scheibe in den Müll zu stopfen.

»Darf ich fragen, was du da machst?«, fauchte die Kommissarin.

»Ich wollte dich mit einer Pizza empfangen, wenn du vom Dienst kommst«, rechtfertigte die junge Polizeimeisterin sich. »Aber dein Backofen ist irgendwie kaputt.«

»Mein Backofen funktioniert prächtig, man muss bloß die Gebrauchsanweisung auf dem Pizzakarton lesen und den Temperaturregler bedienen können«, gab Mona zurück. »Außerdem wette ich, dass die Mafiatorte viel zu lange im Ofen war.«

»Womöglich bin ich kurz eingenickt«, murmelte Grietje.

»Das ist kein Problem, ich habe noch genug Vorräte«, sagte die Kommissarin. Sie öffnete ihren Gefrierschrank und zog eine neue Packung Tiefkühlpizza hervor. Da ihre Kochkünste sich in Grenzen hielten, stellten diese Gerichte ihre bevorzugte Nahrung dar.

Mona setzte den Herd wieder in Gang, stellte die Zeitschaltuhr ein und schaute Grietje prüfend an.

»Wie war dein Tag?«

»Grandios!«, behauptete ihre Kollegin. »Ich bekam einen Anruf von Oltbeck und wurde zur Dienststelle zitiert. Dort haben mich die beiden Ermittler aus Emden gründlich gegrillt. Neulich habe ich mal einen Horrorfilm über die spanische Inquisition gesehen. Daran musste ich denken, als ich die Befragung hinter mich gebracht hatte.«

»Immerhin bist du nicht auf dem Scheiterhaufen gelandet«, gab Mona grinsend zurück. Ihr war aufgefallen, dass Grietje wieder etwas von ihrer gewohnten Unbekümmertheit zurückgewonnen hatte. Und dafür musste es einen Grund geben. Die Polizeimeisterin nickte übertrieben ernsthaft.

»Ja, ich mag als Pizzabäckerin eine Niete sein – eine Mörderin bin ich jedenfalls nicht!«

»Das hätte ich dir sowieso niemals zugetraut«, sagte Mona. »Hast du Lust auf einen Wein?«

»Ja, ich könnte einen Schluck vertragen.«

Die beiden Frauen setzten sich an den Küchentisch. Mona öffnete eine Flasche Lambrusco und goss zwei Gläser voll.

»Das Blut in meiner Wohnung stammt von mir selbst«, erklärte Grietje unvermittelt. »Die Weißkittel meinten, dass ich heftiges Nasenbluten bekommen hätte. Deshalb sah ich auch so übel aus, als ich bei dir aufgekreuzt bin.«

Die Kommissarin schaute sie prüfend an.

»Ich wette, dass die Ärzte noch mehr herausgefunden haben.«

»Gut erkannt, Miss Sherlockine Holmes! Man hat mir Blut abgenommen und es analysiert. Ich muss irgendeinen üblen Mix intus gehabt haben, mit Rohypnol und anderem Dreck.«

Monas Herzschlag beschleunigte sich.

»Rohypnol«, wiederholte sie.

Grietje schüttelte den Kopf und nahm einen Schluck Wein.

»Keine Sorge, ich wurde nicht vergewaltigt. Das haben die Mediziner nämlich auch gecheckt. Dieser Chemiecocktail hat bei mir jedenfalls einen Filmriss bewirkt. Ein paar Stunden fehlen mir. Und dass ich glaubte, Tede getötet zu haben, ist wohl auch nur auf dieses Zeug zurückzuführen.«

Die Kriminalistin atmete tief durch.

»Enno und ich haben erfahren, dass Tede sich von seinem Kiffer-Vermieter ein falsches Alibi geben lässt. Fokke Donker behauptet sogar, dass Tede daheim gewesen wäre, während er in Wirklichkeit bei dir war.«

Grietje fiel aus allen Wolken.

»Wie bitte?! Warum tut der Mistkerl so etwas? Und er ist nicht tot, sondern wahrscheinlich quicklebendig aus meiner Wohnung marschiert. Und wegen dem Typen habe ich Tränen vergossen …«

»Tede hat nicht nur dich hinter das Licht geführt, Grietje. Er ist nicht der, für den ihn alle halten. Die Mordermittlung gegen dich wird sich spätestens dann in Luft auflösen, wenn der Kerl geschnappt wird.«

»Das wäre gut, damit ich ihm in den Hintern treten kann«, grollte die Polizistin.

»Die Emder Ermittler müssten jetzt doch wissen, dass Tede noch lebt«, meinte Mona. »Das einzige Verbrechen bestand darin, dass jemand dir diesen Chemiecocktail verabreicht hat. Und zwar dürfte es nach Lage der Dinge dein Freund gewesen sein.«

»Das habe ich mir auch zusammengereimt, Mona! Ich könnte Tede den Hals umdrehen. Ich frage mich, was er damit bezweckt hat.«

»Ich glaube, dass während deiner Abwesenheit deine Wohnung gründlich durchsucht wurde«, sagte die Kriminalistin. »Fällt dir ein Gegenstand ein, auf den es Tede abgesehen haben könnte?«

»Das wird ja immer schöner!«, stieß Grietje hervor und trank noch mehr Wein. »Ich besitze eigentlich nichts Wertvolles. Klar, ich spare für meinen Australienurlaub nächstes Jahr. Aber das Geld ist nicht bei mir daheim, sondern auf der Bank.«

»Wenn wir Tede erwischen, dann wird er ausplaudern müssen, was er mit der Aktion bezweckt hat«, sagte Mona. »Ich möchte mit dir noch über eine andere Sache sprechen. Enno und ich untersuchen den Mord an einem Mann, mit dem du auch schon dienstlich zu tun hattest. Ich spreche von Lübbo Hamstra.«

»Der alte Zausel ist tot?«, stöhnte Grietje. »Will mir irgendjemand auch noch diese Tat in die Schuhe schieben?«

»Unsinn, davon ist keine Rede. Erzähl mir bitte einfach von dem Einsatz. Wir haben auch schon mit Hinderk gesprochen, aber wir wollen deine Version hören.«

Die Polizeimeisterin hob die Schultern.

»Da gibt es nicht viel zu berichten. Hamstra hat auf der Promenade die Passanten belästigt, daraufhin haben wir ihn kassiert. Nach der Atemalkoholkontrolle hat er sich von seinem Mageninhalt verabschiedet, daraufhin durfte ich meine Uniformhose nach Dienstschluss in die Reinigung bringen. Hamstra hat mich um Vergebung angefleht, und ich habe seine Entschuldigung angenommen. Ende der Geschichte.«

Mona nickte nachdenklich. Wollte sie einen Zusammenhang konstruieren, wo es gar keinen gab?

Da meldete sich ihre Kollegin noch einmal zu Wort.

»Moment mal … Hamstra heißt doch auch der Bandleader der Borkum Gents mit Nachnamen, oder?«

»Das ist korrekt. Dein Freund spielt Gitarre in der Bluesband von Lübbo Hamstras jüngerem Bruder.«

»Das haut den stärksten Eskimo vom Schlitten!«, stieß Grietje hervor. »Was haben die Kerle miteinander zu schaffen?«

Mona nippte nachdenklich an ihrem Weinglas.

»Das ist die entscheidende Frage! Kam dir Tede während der letzten Tage verändert vor? Wirkte er nervös? So, als ob jemand hinter ihm her wäre?«

Grietje schob die Unterlippe vor und legte den Kopf in den Nacken. Diese Angewohnheit kannte die Kommissarin schon von ihr. Das tat sie öfter, wenn sie angestrengt nachdachte.

»Das ist schwer zu sagen. Mein Freund – besser gesagt: mein Ex-Freund – ist nicht leicht zu durchschauen. Das hat mich allerdings nie gestört. Tede scheint ständig unter Strom zu stehen, er ist ein richtiges Energiebündel.«

»Ist dir nie der Gedanke gekommen, dass er ein Kokser sein könnte?«

Grietje runzelte die Stirn.

»Ich bin Polizistin, schon vergessen? Glaubst du, ich merke nicht, ob jemand Drogen konsumiert? Nee, in der Hinsicht ist Tede clean, auch wenn er anderweitig Dreck am Stecken hat. Ich kann immer noch nicht fassen, dass er mir eiskalt so einen Chemiedreck in den Cocktail gemixt hat. Das muss er gewesen sein, daran gibt es keinen Zweifel. Dieser Mistkerl! Was habe ich ihm nur getan?«

»Meiner Meinung nach wollte Tede dich ausschalten, um in Ruhe deine Wohnung durchsuchen zu können. Die Frage lautet nur, ob er das Gewünschte gefunden hat.«

»Seit du mir davon erzählt hast, zerbreche ich mir den Kopf«, gestand die Polizeimeisterin. »Wie gesagt, ich besitze nichts Wertvolles.«

»Vielleicht wollte er ein Beweisstück der Dienststelle klauen«, dachte Mona laut nach. »Und er hoffte, dass du einen Schlüssel zur Polizeistation hast.«

»Ich habe tatsächlich einen, aber der ist noch da«, sagte Grietje. »Andernfalls könnte ich mich von meiner Karriere wohl endgültig verabschieden.«

Die Kommissarin stand auf und klopfte ihrer Kollegin auf die Schulter.

»Ich glaube, du hast ganz gute Karten. Es spricht ja für dich, dass du betäubt worden bist. Tede muss gewusst haben, dass du ihn von seinem Vorhaben abhalten würdest. Obwohl ich immer noch nicht weiß, was er im Schilde führt.«

Monas Übernachtungsgast trank das Glas aus.

»Kann ich noch etwas Wein bekommen?«, fragte sie mit schwerer Zunge. »Weißt du, was mich wirklich nervt? Irgendwie mag ich diesen Kerl noch immer. Wie kann ich nur so bescheuert sein?«

Die Kriminalistin hob die Schultern.

»Gegen unsere Gefühle können wir uns nun mal nicht wehren.«

Grietje schaute Mona an, als ob sie die Kommissarin zum ersten Mal im Leben sehen würde.

»Ich hätte nie gedacht, dass ich solche Worte mal aus deinem Mund hören würde.«

Mona kniff die Augen zusammen, während sie das Glas ihres weiblichen Gastes füllte.

»Wie meinst du das?«

»Na, du bist doch immer so absolut kontrolliert und selbstbeherrscht.«

Die Kommissarin musste lachen. Allmählich machte sich der Alkohol in ihrem Körper bemerkbar.

»So siehst du mich? Und was ist mit meinen berüchtigten Temperamentsausbrüchen?«

»Ja, aber die bekommst du nur, wenn du dich über jemanden ärgerst oder dich ungerecht behandelt fühlst. Oder wenn ein Krimineller mit seinen Untaten davonkommt. Ich spreche jetzt über Liebe, Mona ... über Männer!«

Das hat mir gerade noch gefehlt: ein weinseliges Gespräch über Frauenthemen, und zwar ausgerechnet mit Grietje, dachte die Ermittlerin verdrossen. Aber sie hatte keine Idee, wie sie jetzt elegant das Thema wechseln konnte.

Die junge Kollegin schien ihr Schweigen als eine Aufforderung zum Weiterreden zu werten: »Dir ist doch kein Kerl gut genug, Mona! Du hast so viele Chancen, die du überhaupt nicht ergreifst. Eigentlich siehst du ja ganz passabel aus. Und dass du so klein bist, wird die meisten Männer überhaupt nicht stören. Aber keiner traut sich an dich heran, weil du auf keinen Flirtversuch eingehst.«

»Stopp!«, rief die Kommissarin. »Du hörst dich an, als ob ich ein Eisberg ohne Empfindungen wäre. Wer sind denn diese Verehrer, die angeblich von mir abgeschreckt werden?«

Die Polizeimeisterin lehnte sich auf ihrem Stuhl zurück.

»Na, da wäre zum Beispiel dieser bayerische Tourist, der letzte Woche seine Brieftasche verloren hat, und der dunkelblonde Schaffner der Inselbahn. Dann noch dieser komische Notar mit der Krankenkassenbrille, der Barkeeper mit dem goldenen Schneidezahn aus dem Captain Hook, und Hinderk, und ...«

Mona unterbrach Grietjes Redeschwall.

»Ernsthaft? Hinderk Ekhoff steht auf mich?«

»Aber hallo!«

»Der ist doch viel zu jung für mich.«

»Du findest eben bei jedem Kerl ein Haar in der Suppe!«, rief Grietje triumphierend. Mona überlegte, ob sie auf ihre Kollegin sauer werden sollte. Doch dann brachen beide Frauen plötzlich in ein befreiendes Gelächter aus.

»Man könnte meinen, du hättest dich bei einer verklemmten Zimtzicke einquartiert«, brachte die Kommissarin hervor, nachdem sie sich wieder halbwegs beruhigt hatte. Sie hatte eigentlich erwartet, dass Grietje mit einem kessen Spruch kontern würde. Stattdessen wurde ihre junge Kollegin todernst. Sie starrte in ihr inzwischen leeres Weinglas.

»Was ist los?«, wollte Mona wissen.

»Mir ist gerade wieder etwas eingefallen.« Grietjes Stimme klang tonlos. »Tede hat sich an dem Abend spontan mit mir verabredet. Er behauptete, mich unbedingt sehen zu wollen. Ich war geschmeichelt. Wir trafen uns auf der Promenade, redeten über Gott und die Welt. Tede fragte mich, ob ich Lübbo Hamstra kennen würde.«

Die Kommissarin vergegenwärtigte sich, dass ihre Kollegin wegen des Chemiecocktails in ihrem Blut geistig zeitweise nicht voll auf der Höhe gewesen war. Daher fand sie die Gedächtnislücke verständlich. Wenigstens hatte die Polizeimeisterin sich jetzt erinnert.

»Kam dir die Frage nicht komisch vor?«

»Im Nachhinein schon. Aber nur, weil du mir erzählt hast, dass der Alte tot ist. Wie gesagt, wir haben uns über alles Mögliche unterhalten. Und womöglich erfuhr Tede von mir, dass wir wegen Lübbo Hamstra einen Einsatz hatten.«

Mona nickte gedankenverloren. Noch bekam sie die Puzzleteile nicht zusammen. Sie glaubte jedenfalls nicht, dass das spontane Rendezvous von Tede und Grietje ein Zufall war. Vielmehr musste es einen Zusammenhang mit dem späteren Mordopfer geben.

Aber welchen?

Kapitel 8

Mona hatte kaum ein Auge zugetan, als sie am nächsten Morgen aus dem Bett kroch. Der undurchsichtige Kriminalfall war ihrem Seelenfrieden nicht zuträglich gewesen. Sie ertappte sich dabei, wie sie wieder und wieder die Hintergründe der Ereignisse zu durchschauen versuchte. Doch solange nicht mehr Fakten vorlagen, glichen diese Bemühungen einem Ratespiel.

Hinzu kam, dass ihre neue Mitbewohnerin nicht gerade leise war. Trotz ihrer geschlossenen Schlafzimmertür war es Mona nicht entgangen, wie sich Grietje auf ihrer Wohnzimmercouch hin und her gewälzt, geschnarcht und im Schlaf geredet hatte. Die Kommissarin konnte sich vorstellen, dass ihre suspendierte Kollegin unter ihrer Situation stark litt. Das war ein Grund mehr, das Rätsel so schnell wie möglich zu lösen.

Geduscht und in frischer Kleidung radelte die Kriminalistin wenig später zur Dienststelle. Der ostfriesische Himmel über der Insel war zu dieser frühen Morgenstunde wieder in jenes ganz besondere Licht getaucht, das diese Landschaft für so manchen Maler anziehend machte. Mona verstand nicht viel von Kunst, aber ihre Laune besserte sich mit jedem Sonnenstrahl, der auf ihr Gesicht fiel.

Stirnrunzelnd musste sie an Grietjes Behauptungen denken. War sie wirklich so ein unnahbarer Kühlschrank? Auf ihre junge Kollegin schien sie immerhin so zu wirken. Die Kriminalistin nahm sich vor, bei nächster Gelegenheit wieder einmal leidenschaftlich zu flirten – und sich ansonsten auf ihre aktuellen Ermittlungen zu konzentrieren.

Enno hatte schon die erste Morgenfähre genommen. Daher musste Mona ihrem Vorgesetzten allein Bericht erstatten. Oltbeck nahm ihre Ausführungen über den Ermittlungsstand mit säuerlicher Miene zur Kenntnis.

»Das ist ja alles weder Fisch noch Fleisch, Frau Sander. Wie wollen Sie weiter vorgehen?«

»Ich will die Identität jener Frau klären, die mit dem späteren Opfer zusammen gesehen wurde. Angeblich ist sie auch eine Bekannte von Eyk Hamstra, Lübbos jüngerem Bruder. Diese Person muss mehr über die Tat wissen, womöglich ist sie sogar selbst in den Mord verwickelt. Außerdem hoffe ich auf Informationen durch den Kollegen von der Amsterdamer Kripo.«

»Versprechen Sie sich nicht zu viel davon, diese Stadt ist ein Anziehungspunkt für Kriminelle aus aller Welt. Nach Aktenlage war dieser Lübbo Hamstra ein kleiner Fisch, der schon seit vielen Jahren nicht mehr polizeilich aufgefallen ist. Die holländischen Ermittler werden ihn wohl kaum auf dem Radar haben.«

Die wenigsten Morde lassen sich nach Aktenlage aufklären, dachte Mona. Früher hätte sie diesen Satz ihrem Chef an den Kopf geworfen, inzwischen konnte sie sich etwas besser beherrschen.

»Einen Versuch ist es wert, Herr Oltbeck. Es ist nun mal eine Tatsache, dass der Tote ein Amsterdamer Nahverkehrsticket in der Tasche hatte.«

»Ja, kümmern Sie sich meinetwegen um diese schöne Unbekannte und um die Verbindung nach Holland. Ein dürftiger Ermittlungsansatz ist immer noch besser als gar keiner. Vielleicht findet Herr Moll ja auch in Lingen etwas heraus, obwohl ich meine Zweifel habe.«

So schwarzseherisch kannte Mona ihren Dienststellenleiter gar nicht. Für ihn war es vermutlich ein Alptraum, dass eine seiner Untergebenen vom Dienst suspendiert werden musste. Es wurde Zeit, dass auf Borkum wieder Normalität einkehrte.

Nachdem Oltbeck das Gespräch beendet hatte, verließ Mona sein Büro. Und lief prompt den Emder Ermittlern in die Arme.

»Auf ein Wort, Frau Sander«, sagte Heiko Stensen lächelnd. Die Kommissarin folgte den Kollegen in das Büro, das ihnen für die Zeit auf Borkum zugewiesen worden war.

Mona hatte eigentlich angenommen, dass sie wegen ihrer Frechheit vom Vortag zusammengefaltet werden sollte. Doch sie erlebte eine positive Überraschung.

»Tede Kupper ist ein erfundener Name«, erklärte Lena Melling. »Dieser Mann hat eine komplett falsche Identität aufgebaut.«

Mit dieser Nachricht hatte Mona nicht gerechnet. Auch wenn sie inzwischen wusste, dass Tede sich von seinem Vermieter ein falsches Alibi geben ließ. Das würde sie den Kollegen natürlich nicht auf die Nase binden. Ihr war schließlich strikt verboten worden, in dem Fall weiter tätig zu werden.

»Wie sind Sie ihm auf die Schliche gekommen?«, fragte sie so ruhig wie möglich.

Die Kommissarin, die von Mona als Streberin abgestempelt worden war, schlug ihr Notizbuch auf.

»Bei der kriminaltechnischen Untersuchung von Grietje Smits Wohnung konnten wir Fingerabdrücke einer männlichen Person sichern. Sie gehören zu einem holländischen Kriminellen namens Aarie van Kolk.«

Der Emder Ermittler schaltete sein Tablet ein und zeigte es Mona. Sie erblickte ein erkennungsdienstliches Foto vom *Politie Bureau Amsterdam.* Der Abgebildete hatte kurze Haare und schaute ernst in die Kamera. Es handelte sich eindeutig um Tede, den mit Grietje verbandelten Blues-Gitarristen.

»Wie alt ist das Bild?«, wollte Mona wissen, nachdem sie sich von der Überraschung erholt hatte.

»Van Kolk wurde zuletzt vor vier Jahren verhaftet«, sagte Lena Melling. »Man beschuldigte ihn, eine schwere Körperverletzung begangen zu haben. Das Opfer zog die Anzeige später zurück, und die Zeugen konnten sich plötzlich an nichts mehr erinnern. Wegen einiger länger zurückliegender Jugendstrafen ist er immer noch im System.«

»In den Niederlanden hat er sich seitdem nichts mehr zuschulden kommen lassen«, ergänzte Oberkommissar Stensen. »Wir haben gestern noch mit Eyk Hamstra gesprochen, in dessen Bluesband van Kolk spielte. Er versicherte uns, von der falschen Identität nichts gewusst zu haben.«

»Könnten wir den Verdächtigen weiterhin Tede Kupper nennen?«, bat Mona. »Ich komme sonst noch völlig durcheinander.«

Die Kommissarin hatte diesen Wunsch kaum vorgebracht, als sie auch schon mit einer abfälligen Bemerkung von Lena Melling rechnete. Doch die Emder Kollegin blieb völlig ruhig und neutral. Mona schämte sich umso mehr, weil sie am Vortag aus der Rolle gefallen war.

»Wir glauben nicht an eine erfolgreiche Resozialisierung dieses Mannes«, meinte Stensen. »Es muss einen sehr guten Grund dafür geben, dass er unter falschem Namen auf Borkum untergetaucht ist.«

»Also steht Frau Smit nicht mehr unter Mordverdacht?«, vergewisserte sich Mona.

Der Emder Oberkommissar wiegte den Kopf.

»Ich persönlich glaube nicht, dass die Kollegin sich etwas vorzuwerfen hat. Trotzdem bleibt die Tatsache bestehen, dass Tede Kupper spurlos verschwunden ist.«

Mona war schon wieder drauf und dran, für Grietje Partei zu ergreifen. Aber diesmal bremste sie sich. Mit ihrer ungestümen Art konnte sie der jungen Polizeimeisterin eher schaden als nützen.

Nun stand fest, dass Tede in Wirklichkeit ein Krimineller war und vermutlich Grietjes Wohnung durchsucht hatte. Aber wonach? Und – wussten die Gebrüder Hamstra von seiner wahren Identität? Hatte Eyk die Emder Kollegen angelogen?

Es kam der Kommissarin so vor, als ob jede beantwortete Frage zwei neue aufwarf.

»Wird bereits nach Tede Kupper gefahndet?«, wollte Mona wissen.

»Selbstverständlich, und zwar europaweit«, erwiderte Lena Melling. »Es ist nur eine Frage der Zeit, bis wir ihn erwischen. Wenn nachgewiesen ist, dass Grietje Smit von seinen Machenschaften nichts gewusst hat, kann ihre Suspendierung aus unserer Sicht sofort aufgehoben werden.«

Mona wandte sich mit einem schiefen Lächeln an die Emder Kommissarin.

»Hören Sie – wir hatten einen schlechten Start, oder? Es tut mir leid, dass ich Sie gestern so heftig angegangen bin.«

»Das ist schon vergessen«, behauptete Lena Melling. »Ihr Ruf eilt Ihnen voraus, Frau Sander. Es hat sich bis Emden herumgesprochen, dass Sie zu gelegentlichen Temperamentsausbrüchen neigen. Wir waren also vorgewarnt.«

Mona bekam vor Verlegenheit rote Ohren, was wegen ihrer schulterlangen Haare zum Glück niemand sehen konnte. Grietje hielt sie also für einen emotionalen Eisberg, und auf dem Festland galt die Borkumer Kommissarin offenbar als Springteufel, der bei jeder Gelegenheit aus seiner Schachtel geschossen kommt. Sie nahm sich vor, an ihrem Image zu arbeiten.

Doch jetzt musste Mona zunächst die Unbekannte mit der Modelfigur jagen.

Kapitel 9

Die Kommissarin begann mit der Spurensuche im Bistro Pferdestall. Immerhin gab es eine Zeugenaussage, laut der Lübbo Hamstra dort mit der attraktiven Frau gesessen hatte. Mona ging zu Fuß von der Polizeistation in der Strandstraße zu dem Kult-Bistro in der Bismarckstraße hinüber. Dabei kam sie am Inselbahnhof vorbei, wo soeben wieder einmal eine Kleinbahn mit den bekannten farbigen Waggons vom Fährhafen aus angekommen war.

Dieser Anblick ließ Mona sofort an Enno denken. Sie hoffte wirklich, dass seine Dienstreise nach Lingen Ergebnisse bringen würde. Die Kommissarin konnte es kaum erwarten, sich am nächsten Morgen wieder mit ihrem Kollegen kurzzuschließen.

Ansonsten kreisten ihre Überlegungen um Tede Kupper. Wie war es dem gebürtigen Holländer gelungen, unauffällig in den Alltag der kleinen Insel einzutauchen? Gewiss, in den Niederlanden wurde Deutsch als Fremdsprache in allen Schulen gelehrt. Ein Akzent blieb allerdings trotzdem meistens zurück. Doch dieses Rätsel konnte Mona schnell lösen. Sie führte sich vor Augen, dass die Borkum Gents ihre Liedtexte auf Plattdeutsch vortrugen. Die Kommissarin selbst sprach kein Platt, konnte aber viele Redewendungen verstehen. Und ihr war bekannt, dass es zwischen Niederländisch und Plattdeutsch viel mehr Überschneidungen gab als zwischen Hochdeutsch und der Sprache des westlichen Nachbarlandes. Wenn Tede Kupper sich hauptsächlich auf Platt verständigt hatte, würde er wohl kaum als Holländer aufgefallen sein.

Sie nahm sich vor, Grietje am Abend danach zu fragen.

An diesem sonnigen Vormittag waren die Außengastronomie-Bereiche vom Pferdestall, von der *Black Pearl*, vom *Lord Nelson* und den anderen Bistros oder Cafés schon wieder gut gefüllt. Mona hatte Glück, denn die Kellnerin konnte sich an diese Gäste erinnern. Nachdem die Ermittlerin ihren Dienstausweis gezeigt hatte, bekam sie bereitwillig Auskunft.

»Ja, die waren ein seltsames Paar«, sagte die junge Frau zu der Kommissarin. »Er hat ein Weizenbier getrunken, sie ein Mineralwasser. Ich dachte mir noch, dass die Dame ihre Traumfigur nur mit härtester Disziplin halten kann. Da sitzt wahrscheinlich noch nicht mal eine Kugel Eis drin.«

»Und was genau fanden Sie an den beiden merkwürdig?«, hakte Mona nach.

»Zunächst mal passten sie äußerlich gar nicht zusammen. Es kommt ja öfter vor, dass eine knackige Schönheit sich mit einem alten Graukopf sehen lässt, der garantiert nicht ihr Vater ist. Doch dann ist der Senior stets gut situiert und gepflegt. Sie wissen schon, einer von den Männern, die ihren Porsche-Zündschlüssel gut sichtbar auf dem Tisch platzieren.«

Mona lachte.

»Ja, weil hier nun mal bedauerlicherweise Fußgängerzone ist und man die Karre nicht in Sichtweite hat.«

Die Kellnerin nickte lächelnd.

»Richtig, und zu diesem Menschenschlag gehörte der Begleiter dieser Schnepfe garantiert nicht. Obwohl, vielleicht ist er ja ein Millionär, der zur Tarnung in Klamotten aus der Altkleidersammlung auftritt.«

»Worüber hat das Paar denn gesprochen?«

»Ich weiß es nicht, sie benutzten eine Fremdsprache. Klang für mich wie Holländisch.«

Mona horchte auf. Die Verbindung hinüber ins nahe Nachbarland wurde immer offensichtlicher. Sie ließ sich von der Kellnerin Lübbo Hamstras Bekannte möglichst genau beschreiben. Die Angaben deckten sich mit der Zeugenaussage von Bolte.

»Kommt dieser weibliche Gast öfter her? Wissen Sie, wo sie während ihres Borkum-Aufenthaltes wohnt?«

Die Fragen der Kommissarin riefen bei ihrem Gegenüber zunächst ein ratlos wirkendes Stirnrunzeln hervor. Doch dann schnippte die Kellnerin mit den Fingern.

»Da fällt mir etwas ein! Als ich die Getränke servierte, drehte die Dame sich abrupt zu mir hin. Dabei fiel ihre Handtasche vom Tisch. Es war nicht weiter schlimm, es rutschten nur ein paar Sachen heraus – Puderdose, Geldbörse, Lippenstift und solche Dinge. Und ein Zimmerschlüssel, und zwar vom Hotel Teutonia.«

Monas Pulsschlag beschleunigte sich.

»Sind Sie sicher?«

»Ja, die haben doch solche birnenförmigen schwarz-weißen Anhänger mit einem großen goldfarbenen T in der Mitte. Das fand ich immer schon affig. Viele Gäste hier in der Bismarckstraße legen ihren Hotelzimmerschlüssel auf den Tisch, da bekommt man die verschiedensten Varianten zu sehen.«

Die Kommissarin bedankte sich und beschleunigte ihre Schritte. Sie eilte Richtung Promenade. Vor sich erblickte sie am Horizont bereits die Nordsee, wo große Frachtschiffe von Emden aus an dem kleinen Eiland vorbeifuhren. Obwohl Mona nun schon einige Jahre auf Borkum arbeitete, war sie immer wieder dankbar dafür, in einer so schönen Umgebung leben zu dürfen. Die Menschen strömten Richtung Strand oder ließen sich an der Jann-Berghaus-Straße die Sonne aufs Gesicht scheinen. Dort gab es unweit der *Walfischinsel* hölzerne Liegen, die sich hervorragend zum Faulenzen eigneten. Daran dachte die Kriminalistin jetzt allerdings nicht. Voller Tatendrang stürmte sie ins Foyer des Traditionshotels.

Mona begrüßte die ihr bekannte Rezeptionistin und beschrieb möglichst genau die Gesuchte. Die Frau in der hoteleigenen Uniform nickte.

»Ja, so sieht Anneke Joost aus. Sie hat das Zimmer Nummer 133 im ersten Stockwerk.«

»Ist sie momentan anwesend?«

»Das kann ich nicht sagen«, lautete die Antwort. »Unsere Gäste müssen den Schlüssel nicht abgeben, wenn sie das Haus verlassen.«

Die Kommissarin bedankte sich und ging die breite Treppe hoch. Der Kokosläufer knisterte unter ihren Schritten. Das Hotel Teutonia verfügte über hohe Stuckdecken, wie sie im neunzehnten Jahrhundert üblich gewesen waren. Die Wände des Korridors waren mit Gemälden geschmückt, die Szenen auf hoher See darstellten. Mona klopfte an die mit den Ziffern 133 versehene Tür.

Eine helle Frauenstimme antwortete prompt.

»Ja?«

»Hier ist die Polizei Borkum. Wir haben einige Fragen an Sie.«

Die Ermittlerin hatte gewohnheitsmäßig den Plural benutzt, obwohl sie momentan allein war.

»Einen Moment, bitte.«

Mona glaubte, einen leichten holländischen Akzent herauszuhören. Sie konnte es kaum erwarten, dieser Anneke Joost gegenüberzutreten. Wenig später wurde ein Schlüssel im Schloss umgedreht, und die Tür öffnete sich.

Eine Frau im Bademantel stand vor Mona. Das unförmige Kleidungsstück verriet nicht viel über ihre Figur. Fest stand, dass sie einen Kopf größer war als die nur eins dreiundsechzig messende Kommissarin. Das Gesicht der Fremden war ausgesprochen hübsch, mit meerblauen Augen und hohen Wangenknochen. Um ihr Haar hatte sie ein Hotelhandtuch drapiert, vermutlich kam sie gerade aus der Dusche. Darauf deutete auch der Shampooduft hin, den sie verbreitete.

Mona hielt ihren Dienstausweis hoch.

»Ich bin Kommissarin Sander. Ich muss dringend mit Ihnen sprechen. Sie sind Frau Joost?«

»Ja, die bin ich.« Die Frau im Bademantel gab die Tür frei. »Wo sind denn Ihre Kollegen?«

»Ich bin allein hierher gekommen«, erwiderte die Kriminalistin. Sie war in das Zimmer getreten und schaute sich um. Offensichtlich hatte Anneke Joost ein Doppelzimmer zur Alleinnutzung. Auf dem einen Bett lag jedenfalls ein geöffneter Koffer. Das andere Bett war zum Schlafen verwendet worden, das konnte man eindeutig sehen. Auf dem Schreibtisch stand ein geöffnetes Notebook. In dem Koffer lagen Textilien sowie ein Gegenstand, den nach Monas Erfahrung nur wenige Menschen mit sich führten.

Ein Pistolen-Safe für die Reise.

Die Kommissarin sog scharf die Luft durch die Nase und verfluchte ihren Leichtsinn. In diesem Moment drückte bereits ein harter Gegenstand gegen ihren Rücken.

»Machen Sie keine Dummheiten, *Agentje* Sander. Sie wollen doch weiterleben, nicht wahr?«

Mona wusste, dass Polizist auf Niederländisch *Politieagent* hieß. Und sie kannte auch die Vorliebe der westlichen Nachbarn für die Verkleinerungsform. So wurde aus dem Agent ein Agentje. Dabei fühlte sie sich schon winzig genug, weil sie wie eine stümperhafte Anfängerin in die Falle getappt war. Die Kommissarin hob instinktiv ihre Arme bis auf Schulterhöhe, während Anneke Joost ihr die Dienstwaffe abnahm.

»Sie kommen damit nicht durch«, sagte Mona gepresst.

»Oh, bis jetzt klappt es doch ganz gut«, erwiderte die Frau mit der Pistole und lachte affektiert. Die Kommissarin überlegte fieberhaft, wie sie ihre Widersacherin überwältigen konnte. Momentan hielt Anneke Joost alle Trümpfe. Die Holländerin drückte weiterhin ihre Pistolenmündung gegen Monas Körper, während sie die Kriminalistin mit der anderen Hand nach versteckten Waffen abtastete. Das Funkgerät und das Smartphone nahm sie ihr ebenfalls ab. Zusammen mit der Dienstwaffe warf sie alles aufs Bett.

»Setzen Sie sich auf den Stuhl dort«, kommandierte Anneke Joost. Mona gehorchte. Daraufhin fesselte die Verbrecherin ihr mit dem Bademantelgürtel die Hände hinter dem Rücken. Die Kommissarin drehte den Kopf in ihre Richtung.

»Haben Sie Lübbo Hamstra getötet?«

Bisher hatte die Holländerin arrogant und überlegen gewirkt. Doch nun zuckte sie zusammen, als ob sie einen Schlag bekommen hätte.

»Hamstra ist tot?«, fauchte sie.

»Deshalb bin ich hier. Was dachten Sie denn?«

Anneke Joost antwortete nicht direkt, sondern stieß ein Wort hervor, das wie *godverdomme* klang. Mona nahm nicht an, dass es sich um eine Höflichkeitsfloskel handelte.

»Reden Sie nicht mehr mit mir?«, hakte die Kommissarin nach. Es war schon schlimm genug, dass sie sich hatte überrumpeln lassen. Nun wollte sie dieser Kriminellen wenigstens ein paar Informationen entlocken. Doch die Frau hatte offensichtlich keine Lust auf eine Plauderei. Sie zog ein Seidentuch aus ihrem Koffer, drehte es zu einer Art Strick, zog die Schlinge über Monas Kopf und knebelte sie damit. Als Nächstes bekam die Kommissarin nun einen Kissenbezug über den Kopf gestülpt. Sie konnte zwar noch atmen, aber nichts mehr sehen.

»Der Polizeiberuf ist anstrengend, *Agentje* Sander«, spottete Anneke Joost. »Sie sollten dankbar dafür sein, dass ich Ihnen eine kleine Auszeit ermögliche. Es passt mir überhaupt nicht, dass Lübbo nicht mehr lebt. Ob sie mir das glauben oder nicht, ist mir ziemlich egal. Und seinen wahren Mörder können Sie auch nicht verhaftet haben, sonst wären Sie nicht zu mir gekommen. Wahrscheinlich wissen Sie gar nicht, worum es hier geht. Sie wollen nur Ruhe und Ordnung auf ihrer netten kleinen Insel. Das verstehe ich. Wissen Sie was? Ich tue Ihnen einen Gefallen und kümmere mich selbst um den Killer. Ist das nicht freundlich von mir?«

Mona konnte auf dieses merkwürdige Selbstgespräch natürlich nichts erwidern, dennoch machte sie sich ihren Reim darauf. Anneke Joost schien von Lübbos Ermordung wirklich überrascht worden zu sein. Doch sie hatte sich danach schnell wieder gesammelt. Offenbar war sie ein Profi. Diese Frau verstand sich auf die Kunst der Improvisation. Sie hatte gewiss nicht damit gerechnet, dass die

Polizei an ihre Tür klopfen würde. Anstatt in Panik zu verfallen, hatte sie schnell ihre Waffe aus dem Reisetresor geholt und in die Bademanteltasche gesteckt. Auch das Fesseln und Knebeln der Kommissarin ging ihr absolut leicht von der Hand. Anneke Joost hatte sich vermutlich schon öfter in ähnlichen Situationen befunden.

Allerdings beging sie einen Fehler, den sie mit vielen Kriminellen teilte: Sie war zu selbstverliebt. Ihre kleine Ansprache an Mona würde ihr noch zum Verhängnis werden. Zumindest wollte die Ermittlerin dafür sorgen, sobald sie wieder frei war.

Anneke Joost sagte nun nichts mehr. Doch die Geräusche im Raum ließen darauf schließen, dass sie sich anzog und ihren Koffer packte.

Mit einer Sache hat das Biest wirklich recht, dachte Mona grimmig. *Ich kenne immer noch nicht die Hintergründe dieses Falls!*

Warum hätte die Holländerin leugnen sollen, Lübbo getötet zu haben? Die Ermittlerin war momentan leider nicht in der Lage, ihr zu schaden. Aber in welcher Beziehung stand Anneke Joost zu dem Toten? War sie seine Freundin gewesen? Dieser Gedanke kam Mona völlig absurd vor. Die Kommissarin hielt es eher für möglich, dass sie eine Art von Geschäftspartnerin gewesen war. Oder wurde sie vielleicht von Lübbo erpresst? Dann hätte die Frau mit der Modelfigur sich über den Tod des Alten eher gefreut. Mona hingegen war es so vorgekommen, als ob der Mord Anneke Joost völlig gegen den Strich gegangen wäre. Und sie war zweifellos auf Ärger eingestellt. Andernfalls würde sie wohl nicht mit einer Pistole im Gepäck reisen.

»Tschüss, *Agentje* Sander. Auf Nimmerwiedersehen.«

Mit diesen Worten verließ die Verbrecherin das Hotelzimmer. Mona konnte hören, wie von außen abgeschlossen wurde. Das war für sie das Startsignal, sich selbst zu befreien. Außerdem hoffte die Kriminalistin darauf, dass die Rezeptionistin misstrauisch würde. Immerhin war Mona auf der Suche nach Anneke Joost in die erste Etage gegangen und nicht wiedergekommen, während nur kurze Zeit später der Gast von Zimmer 133 überstürzt abreiste.

Die Ermittlerin wollte zunächst den Kissenbezug loswerden. Also richtete sie sich in eine stehende Position auf und senkte den Kopf so weit wie möglich. Mona zappelte etwas, dann fiel das Teil zu Boden. Sie schaute sich im Hotelzimmer um. Die Verbrecherin hatte sowohl

Monas Pistole als auch das Funkgerät und ihr Smartphone mitgenommen. Um Hilfe rufen konnte die Kommissarin nicht. Sie musste versuchen, die Handfessel und den Knebel loszuwerden.

Aber wie?

Mona hielt nach einer scharfen Kante Ausschau, an der sie den Bademantelgürtel zerfasern konnte. Das würde zwar sehr lange dauern, aber daran ließ sich nichts ändern. Sie versuchte ihr Glück an der Ecke des Schreibtischs. Es war nicht einfach, die Fessel hinter ihrem Rücken sozusagen im Blindflug an die richtige Stelle zu platzieren. Die Kommissarin bewegte den Bademantelgürtel an der Tischecke hin und her. Aber sie hatte nicht das Gefühl, dass es viel nützen würde. Angestrengt arbeitete sie weiter. Die Kommissarin hatte die Digitalanzeige des Radioweckers auf dem Nachtschrank im Blickfeld. Seit sie die Kissenhülle loswerden konnte, waren bereits einundvierzig Minuten verstrichen. Und Mona hatte es immer noch nicht geschafft, ihre Fessel loszuwerden.

Da wurde plötzlich die Tür aufgeschlossen. Gleichzeitig rief jemand: »Hier ist die Polizei!«

Mona erkannte die Stimme. Es war ihr Kollege Hinderk Ekhoff. Er und Aiske Berend drangen nun mit gezogenen Pistolen in das Hotelzimmer vor. Schnell stellten sie fest, dass die Kommissarin allein war. Während der junge Polizeimeister sich umschaute, wurde Mona von ihrer Kollegin befreit. Die Ermittlerin rang erleichtert nach Luft, als sie den Knebel losgeworden war.

Nun bemerkte sie die Rezeptionistin, die vor der offen stehenden Tür wartete und einen ängstlichen Blick hineinwarf.

»Hat die Dame euch alarmiert?«, wollte Mona von Aiske wissen.

Die Polizeimeisterin nickte.

»Die Rezeptionistin hat bemerkt, dass die Frau aus Zimmer 133 sich durch den Notausgang davongeschlichen hat. Das kam ihr verdächtig vor, zumal du ja zuvor mit ihr gesprochen hattest.«

Mona ging nun auf die Rezeptionistin zu und schüttelte ihr die Hand.

»Vielen Dank, dass Sie so aufmerksam waren. Jetzt haben wir eine gute Chance, die Täterin noch zu erwischen.«

»Verständigt den Flughafen!«, ordnete die Kriminalistin an. »Die nächste Fähre läuft erst in zwei Stunden aus. Den Hafen sollten wir ebenfalls überwachen, falls wir das Biest bis dahin nicht eingefangen haben.«

Mona war stinksauer, vor allem auf sich selbst. Sie hasste es, wenn sie von einer Verbrecherin übertölpelt wurde.

Auch eine Frau im Bademantel kann gefährlich sein, schreib dir das gefälligst hinter die Ohren!, führte sie sich innerlich vor Augen.

»Der Chef wird zunächst mit dir sprechen wollen«, sagte Hinderk Ekhoff zu ihr. Das konnte Mona sich lebhaft vorstellen. Wahrscheinlich würde Oltbeck ihr mit einem längeren Vortrag über mangelhafte Eigensicherung auf den Wecker gehen. Und das Schlimmste daran war: Damit hätte er sogar recht.

»Sichert bitte mögliche Fingerabdrücke, vielleicht haben wir das Luder schon im System«, murmelte Mona.

Dann machte sie sich auf den Weg zur Polizeistation. Ob Anneke Joost die Insel bereits verlassen hatte? Falls sie sich noch auf Borkum aufhielt, dann hatte die Kommissarin zumindest eine Vermutung, wo sie sich verkroch.

Kapitel 10

Der Dienststellenleiter war nicht wütend, sondern besorgt. Damit konnte Mona allerdings noch schlechter umgehen. In der Vergangenheit hatte es immer wieder Reibereien zwischen der temperamentvollen Kommissarin und ihrem auf Vorschriften erpichten Chef gegeben. Doch sie musste zugeben, dass Oltbeck stets um das Wohlergehen seiner Untergebenen bemüht war.

Daher zeigte er unverhohlene Erleichterung, als Mona äußerlich unverletzt sein Büro betrat.

»Sie machen mir ja Sachen, Frau Sander! Wie konnten Sie in eine solche Lage geraten?«

»Ich habe die Situation falsch eingeschätzt«, gab Mona kleinlaut zu. Und dann schilderte sie ihrem Chef, was sich zwischen ihr und der Kriminellen ereignet hatte. Oltbeck runzelte die Stirn.

»Und Sie glauben nicht, dass diese Frau die Mörderin von Lübbo Hamstra sein könnte?«

»Anneke Joost schien den Tod dieses Mannes wirklich zu bedauern. Also nicht im Sinn von Trauer, Herr Oltbeck. Es kam mir eher so vor, als ob dadurch ihre Pläne durchkreuzt würden. Worin bestand die Verbindung zwischen dieser Frau und dem Mordopfer?«

Auf diese Frage wusste Oltbeck auch keine Antwort.

Die Kriminalistin fuhr fort: »Ich möchte kurz die Datenbanken checken. Womöglich ist diese Frau schon öfter polizeilich in Erscheinung getreten. Sie machte einen sehr professionellen und abgebrühten Eindruck. Und dann werde ich zu Eyk Hamstra fahren und ein wenig auf den Busch klopfen.«

»Weshalb?«

»Laut einem Zeugen war Anneke Joost nicht nur mit Lübbo, sondern auch mit seinem jüngeren Bruder bekannt. Wenn ich an Stelle dieser Verbrecherin wäre und weiterhin auf Borkum bleiben wollte, dann würde ich mich bei dem Tischlermeister verkriechen.«

»Einverstanden, Frau Sander. Allerdings möchte ich nicht, dass Sie wieder allein losziehen. Daher werde ich Sie begleiten, wenn Sie zu Eyk Hamstra fahren.«

Die Kommissarin konnte sich Schöneres vorstellen, als mit ihrem Vorgesetzten in den Einsatz zu gehen. Allerdings musste sie zugeben, dass ihr letzter Soloflug gründlich schiefgegangen war. Immerhin verzichtete Oltbeck auf einen größeren Anpfiff. Und am nächsten Tag würde ja auch Enno wieder zum Dienst auf der Insel erscheinen. Also spielte Mona die brave Untergebene. Sie versprach, ihrem Chef Bescheid zu geben, bevor sie losfahren wollte.

Zurück in ihrem eigenen Büro schaltete die Ermittlerin zunächst ihren PC ein. Ob Anneke Joost der echte Name dieser raffinierten Person war? Mona fütterte die Datenbanken mit dieser Information – und fiel fast vom Stuhl, als sie ein Ergebnis erhielt. Ja, Anneke Joost war vor Jahren in den Niederlanden zu einer Bewährungsstrafe verurteilt worden. Und zwar wegen Bestechlichkeit.

Diese Frau war eine ehemalige Kollegin!

Anneke Joost war *Hoofdagent* bei der Amsterdamer Polizei gewesen, bevor sie die Hand aufgehalten hatte. Natürlich hatte man sie fristlos aus dem Dienst entfernt. Ob sie nach Verbüßung ihrer Bewährungsstrafe weitere krumme Dinger gedreht hatte, ging aus der elektronischen Fallakte nicht hervor. Auf jeden Fall hatte sie sich danach nicht mehr erwischen lassen. Leider ließ sich dem Datensatz nicht entnehmen, was für einem Beruf Anneke Joost aktuell nachging.

Die Frage stelle ich der Furie selbst – gleich, nachdem ich ihr Handschellen angelegt habe!, dachte Mona grimmig. Sie hatte generell etwas gegen Verbrecher. In ihrem Beruf bekam sie oft genug mit, wie skrupellose Kriminelle unschuldige Menschen ins Unglück stürzten. Und die Kommissarin verabscheute ganz besonders solche Kollegen, die auf die Seite des Unrechts wechselten – meist nur, weil sie vom schnellen Geld träumten.

Sie ging ins Büro des Dienststellenleiters hinüber. Dort lagen ihre Dienstwaffe, ihr Funkgerät und ihr Smartphone auf der Schreibtischplatte.

»Ich nehme an, dass Ihnen diese Gegenstände bekannt vorkommen«, sagte der Hauptkommissar lächelnd. »Die Rezeptionistin aus dem Hotel Teutonia war gerade hier. Ein Zimmermädchen hat diese Dinge in der Mülltonne neben dem Hinterausgang gefunden. Anneke Joost muss sie bei ihrer Flucht dort entsorgt haben.«

Wenig später waren Mona und Oltbeck in dem Opel Vectra Richtung Fährhafen unterwegs. Die Atmosphäre im Auto war etwas verkrampft, weil die Kommissarin nicht recht wusste, worüber sie mit ihrem Vorgesetzten reden sollte. Dass Anneke Joost eine ehemalige Polizistin war, hatte sie ihm schon berichtet. Und weiteren

Gesprächsstoff gab es nicht. Wenn sie mit Enno unterwegs war, redeten die beiden Ermittler auch nicht ununterbrochen miteinander. Aber zwischen ihnen herrschte eine so tiefe Verbundenheit, dass sie auch problemlos gemeinsam schweigen konnten, ohne dass es unangenehm wurde.

»Wir haben keine Beweise dafür, dass Hamstra diese Frau wirklich versteckt«, unterstrich Mona, als Oltbeck den Wagen vor der Tischlerei zum Stehen brachte. »Unter diesen Umständen bekommen wir niemals einen Hausdurchsuchungsbefehl. Wir können höchstens darauf hoffen, dass Hamstra sich selbst verrät.«

Eigentlich wäre es nicht nötig gewesen, den Chef auf diese Umstände hinzuweisen. Er würde niemals etwas unternehmen, das gegen die Dienstvorschriften verstieß.

Mona und Oltbeck betraten die Werkhalle. Diesmal waren auch die zwei Gesellen Bolte und Klose bei der Arbeit. Etliche halb fertige Möbelstücke standen herum. Offenbar musste ein größerer Auftrag schnell ausgeführt werden. Die Atmosphäre war deutlich angespannter als beim ersten Besuch der Kommissarin. Bolte und Klose blickten kaum auf, sondern konzentrierten sich auf ihre Arbeit. Und auch Hamstra selbst war nicht begeistert über die Unterbrechung.

»Gibt es etwas Neues über den Mörder meines Bruders? Wenn nicht, würde ich gern weitermachen. Uns sitzt ein wichtiger Termin im Nacken.«

»Es dauert nicht lange«, versicherte Mona. Sie stellte dem Tischlermeister ihren Chef vor, dann fragte sie: »Ist Ihnen eine Frau namens Anneke Joost bekannt?«

Eyk Hamstras linkes Augenlid zuckte, was natürlich noch gar nichts bewies. Er schüttelte heftig den Kopf.

»Nein, diesen Namen habe ich noch niemals gehört. Warum erkundigen Sie sich nach ihr?«

Mona war hundertprozentig davon überzeugt, dass er log. Sie versuchte, sich nichts anmerken zu lassen.

»Ihr Bruder wurde in Begleitung dieser Frau am Abend vor seiner Ermordung gesehen«, teilte die Kommissarin dem Tischlermeister mit. »Daher dachten wir uns, dass Sie Anneke Joost womöglich auch kennen.«

Sie zeigte ihm das erkennungsdienstliche Foto aus den Niederlanden, das sie sich auf der Dienststelle ausgedruckt hatte.

Hamstra verzog keine Miene.

Er würde sich gut als Pokerspieler eignen, dachte Mona. Ob er die Holländerin in seinem Tischlereibetrieb versteckte? Nach Ansicht der Kommissarin wäre das keine gute Idee gewesen. Falls die Mitarbeiter nicht eingeweiht waren, konnte sie von einem der Gesellen entdeckt werden. Oder steckten die Männer mit ihrem Chef unter einer Decke? Doch je mehr Menschen in ein Verbrechen eingeweiht waren, desto stärker wuchs die Gefahr der Enttarnung. Außerdem konnte die Ermittlerin sich immer noch nicht vorstellen, dass Eyk die Ermordung seines älteren Bruders veranlasst oder gar selbst ausgeführt hatte.

Jedenfalls nicht, solange ihr ein überzeugendes Motiv fehlte.

»Vielleicht hat Anneke Joost einen falschen Namen benutzt«, sagte Mona. Dabei war sie sicher, dass Hamstra genau wusste, um wen es sich handelte.

Der Tischler zuckte mit den Schultern.

»Ich würde Ihnen gern helfen, aber ich bin dieser Frau noch nie begegnet.«

Mona schenkte ihm ihr schönstes Lächeln.

»Wenn das so ist, wollen wir Ihnen nicht länger die Zeit stehlen. Sie hören von mir, sobald es konkretere Hinweise zum Tod Ihres Bruders gibt.«

Als Nächstes fuhren die Kommissarin und der Dienststellenleiter zum Hamstra-Haus in der Upholmstraße.

»Haben Sie dem Tischlermeister geglaubt, Frau Sander?«

»Nein, Herr Oltbeck. Ich fürchte allerdings, dass wir ihm momentan keine Lüge nachweisen können.«

Im Haus wurden sie von Frau Kaminski empfangen. Auch sie gab an, mit dem Namen Anneke Joost nichts anfangen zu können. Ob es ein Liebesverhältnis zwischen Eyk Hamstra und der Gesuchten gab? Dann war es verständlich, wenn er seine Freundin nicht verraten wollte. Doch bei der Haushälterin sah die Sache schon anders aus.

»Sie können uns vertrauen«, betonte Mona eindringlich. »Wenn Sie eine Aussage machen, dann kann die Polizei Sie schützen. Doch falls Sie uns etwas verschweigen, dann müssen Sie mit Konsequenzen rechnen.«

Und Oltbeck ergänzte: »Womöglich hat Ihr Arbeitgeber Ihnen verboten, über bestimmte Dinge zu reden. Aber daran müssen Sie sich nicht halten, wenn Sie dadurch gegen Gesetze verstoßen.«

Frau Kaminskis Miene wurde noch verschlossener, als sie es ohnehin schon war.

»Ich bin keine Lügnerin«, sagte sie kalt. »Wenn ich sage, dass ich von dieser Dame noch nichts gehört habe, dann stimmt das auch.«

Die Kommissarin unternahm einen neuen Anlauf, indem sie auch Frau Kaminski das Bild der kriminellen Ex-Polizistin zeigte. Die Haushälterin schüttelte den Kopf. Mona glaubte ihr, dass sie Anneke Joost noch niemals gesehen hatte. Auf ihre Menschenkenntnis konnte die Ermittlerin sich meist verlassen. Frau Kaminski war Monas Meinung nach eine ehrliche Haut. Außerdem – wenn die Holländerin wirklich Eyks Geliebte war, warum quartierte sie sich dann im Hotel ein? Von dort war sie ja nur geflohen, weil die Kommissarin sie gefunden hatte. Nein, diese Teile des Puzzles passten nicht zusammen.

Plötzlich klingelte Monas Smartphone, das sie inzwischen wieder an sich genommen hatte. Sie entschuldigte sich und trat zur Seite. Grietje war am Apparat, und sie klang völlig aufgedreht.

»Wann kommst du nach Hause? Ich habe etwas Unglaubliches herausgefunden!«

»Also weißt du jetzt, wie mein Herd funktioniert?«

»Sehr witzig, Mona! Ich würde ja gleich zur Dienststelle gestürmt kommen. Aber dann springt Oltbeck im Dreieck, schließlich hat er mich höchstpersönlich suspendiert.«

Der Chef stand in der Nähe. Die Kommissarin hoffte nur, dass er Grietjes letzte Bemerkung nicht gehört hatte.

»Wir sprechen nach Feierabend miteinander«, sagte sie schnell.

»In Ordnung, dann muss ich mir wohl erst mal eine Ladung Baldrian genehmigen. Den wirst du auch brauchen, wenn du die Neuigkeiten zu hören bekommst.«

Nun war Mona wirklich neugierig geworden. Sie wusste, dass die junge Polizeimeisterin nicht aus einer Mücke einen Elefanten machte. Wenn Grietje etwas für wichtig hielt, dann irrte sie sich normalerweise nicht.

Die Kommissarin und ihr Chef mussten unverrichteter Dinge wieder abziehen.

»Leider kann ich keine Kollegen erübrigen, um das Haus observieren zu lassen«, sagte Oltbeck auf dem Rückweg zur Dienststelle. »Ich werde aber den normalen Streifendienst anweisen, hier öfter vorbeizuschauen.«

Mona bezweifelte, dass dabei etwas herauskommen würde. Doch sie hütete sich davor, ihren Vorgesetzten zu kritisieren. Plötzlich kam der Kommissarin eine Idee.

»Könnten wir bitte noch kurz bei Fiete Piel vorbeischauen? Der Segelmacher hat seine Werkstatt ganz in der Nähe.«

Der Hauptkommissar warf ihr einen fragenden Blick zu.

»Mir ist eine weitere Möglichkeit eingefallen, wo Anneke Joost sich versteckt haben könnte.«

»Ich bin gespannt, Frau Sander.«

Oltbeck lenkte den Opel Vectra zur Straße An der Fischerbalje, nachdem Mona ihm die Adresse genannt hatte. Piel war bei der Arbeit. Er wirkte eingeschüchtert.

»Was wollen Sie schon wieder von mir? Ich sagte doch, dass ich nichts weiß.«

Die Kommissarin stellte ihren Chef vor und schenkte dem Segelmacher ein beruhigendes Lächeln.

»Also, meine Frage werden Sie garantiert beantworten können. Die Borkum Gents haben doch gewiss einen Probenraum, oder?«

»Ja, drüben an der Memmert Strate. Kennen Sie das Baustofflager Janssen? Die Firma hat uns einen kleinen Raum untervermietet. Dort können wir Musik machen, ohne irgendwelche Nachbarn zu stören.«

»Das ist ja der Sinn eines Probenraums«, stellte die Kommissarin fest. »Sie haben nicht zufällig einen Schlüssel, oder?«

»Doch, ich bin ja Eyk Hamstras Stellvertreter. Ich habe den zweiten Schlüssel bekommen, falls unser Bandleader mal verhindert ist oder seinen verliert.«

Nun hatte auch Oltbeck begriffen, worauf Mona hinauswollte.

»Geben Sie uns bitte diesen Schlüssel«, forderte er. »Sie bekommen selbstverständlich eine Quittung.«

Piel zögerte, gab dann aber doch nach. Die Beamten bedankten sich und verließen die Werkstatt des Segelmachers.

»Ich fordere Verstärkung an«, entschied der Hauptkommissar, als sie wieder im Auto saßen. »Diese Frau ist bewaffnet. Sie wird hoffentlich sofort aufgeben, wenn sie sich mit einer polizeilichen Übermacht konfrontiert sieht.«

Nach Monas Meinung hätte es völlig ausgereicht, wenn sie Anneke Joost zu zweit überrumpelten. Doch sie behielt ihre Meinung für sich. Womöglich lag sie ja auch völlig falsch mit ihrer Annahme, dass Eyk Hamstra die Frau in dem Probenraum versteckte. Es erschien ihr allerdings als die einzige logisch nachvollziehbare Variante, wenn das Wohnhaus und die Werkhalle nicht infrage kamen.

Es dauerte nicht lange, bis drei Kollegen von der Inselwache anrückten. Oltbeck gab einen kurzen Überblick.

»Frau Sander, Herr Ekhoff und ich gehen in den Probenraum. Da Gefahr im Verzug ist, benötigen wir keinen Durchsuchungsbefehl. Frau Mölders und Frau Berend sichern den Notausgang. Stellen Sie sich darauf ein, dass die gesuchte Person ohne Vorwarnung von der Schusswaffe Gebrauch macht.«

Die Polizisten nickten. Mona war angespannt, als sie und ihre Kollegen in zwei Wagen zu dem Baustofflager hinüberfuhren. Immerhin bestand in dem Gebäude nicht die Gefahr, dass unbeteiligte Zivilisten in die Schusslinie gerieten. Links neben dem Lagerhaus befand sich ein leerer Parkplatz, rechts eine Pleite gegangene Bootswerft.

»Wenigstens kann die Verbrecherin uns nicht durch ein Fenster kommen sehen«, sagte die Kommissarin und deutete auf die schmalen Lüftungsklappen, die sich auf ungefähr zwei Meter Höhe befanden.

Die Beamten stiegen aus und nahmen ihre Positionen ein. Alle hatten ihre Pistolen gezogen. Die Tür bestand aus massiv wirkendem Stahl.

Wie gut, dass wir den Schlüssel von Piel bekommen konnten, dachte Mona. *Aber warum soll man als Polizistin nicht auch mal Glück haben?*

Sie lauschte. Da die Lüftungsklappen offen standen, konnte man Geräusche aus dem Inneren hören. Eine Frauenstimme ertönte. Sie schien zu telefonieren, und zwar auf Holländisch. Wenn sie sich auf ihr Gespräch konzentrierte, würde das Überraschungsmoment umso stärker durchschlagen.

Oltbeck schob den Schlüssel ins Schloss und drehte ihn um. Er nickte Mona und Ekhoff zu. Im nächsten Augenblick stieß er die Tür auf. Die Beamten stürmten hinein, die Dienstwaffen im Beidhandanschlag.

»Polizei! Hände hoch! Keine Bewegung!«, riefen sie.

Die Kommissarin stellte voller Genugtuung fest, dass sie sich nicht geirrt hatte. Ihre Widersacherin befand sich wirklich in dem Probenraum. Anneke Joost hockte im Schneidersitz auf einer zusammengefalteten Decke. Sie hielt ihr Smartphone in der rechten Hand, die Pistole lag auf dieser Seite in Reichweite. Um zur Waffe zu greifen, hätte sie das Telefon fallen lassen müssen.

»Denken Sie nicht mal daran!«, warnte Mona. Sie machte einen weiten Schritt vorwärts. Und bevor ihre Widersacherin reagieren konnte, beförderte die Kommissarin die Pistole mit einem kräftigen Fußtritt in den hintersten Winkel des Übungsraums.

Anneke Joost warf Mona einen hasserfüllten Blick zu. Doch da sie nun unbewaffnet war und sich drei Polizisten gegenübersah, leistete sie keinen Widerstand. Die Holländerin musste aufstehen und sich mit den Händen gegen die Wand stemmen. Sie wurde von Mona höchstpersönlich durchsucht, während Oltbeck und Ekhoff sie in Schach hielten. Die Täterin trug keine gefährlichen Gegenstände bei sich.

»Wir nehmen Sie wegen des Angriffs auf eine Polizeibeamtin, wegen Verdacht auf unerlaubten Waffenbesitz und wegen Freiheitsberaubung fest«, sagte der Chef, während die Handschellen um Anneke Joosts Gelenke klickten.

»So schnell sieht man sich wieder!«

Diese Bemerkung kam natürlich von Mona. Die Ermittlerin hatte sich diesen Kommentar nicht verkneifen können, denn ihre vorherige Gefangennahme durch die zwielichtige Ex-Kollegin wurmte sie immer noch gewaltig.

Anneke Joost hatte nach einem kurzen Moment der Verblüffung ihre Selbstbeherrschung wiedererlangt. Auf ihren schönen Lippen erschien ein herablassendes Lächeln.

»Ich verweigere jede Aussage, bevor nicht ein Rechtsanwalt meiner Wahl zu mir kommt.«

»Das ist selbstverständlich Ihr gutes Recht«, gab Oltbeck trocken zurück. Die Frau wurde zur Polizeistation geschafft, um dort erkennungsdienstlich behandelt zu werden. Vor dem nächsten Morgen würde ihr Verteidiger die Insel wohl kaum erreichen, also konnte sie sich auf eine Nacht in der Arrestzelle einstellen.

Dort ist es nicht so komfortabel wie im Hotel Teutonia, dachte Mona mit einem Anflug von Schadenfreude. Für sie stand fest, dass Eyk Hamstra die Holländerin in dem Probenraum einquartiert hatte. Eine andere Erklärung gab es nicht, zumal die Tür keinerlei Einbruchspuren aufwies. Ganz abgesehen davon, dass eine

Zeugenaussage die Verbindung zwischen den beiden Personen bestätigte.

»Ich werde morgen gemeinsam mit Herrn Moll noch einmal Eyk Hamstra befragen«, sagte die Kommissarin zu ihrem Chef. »Mein Kollege kennt diesen Mann besser als ich. Außerdem hat Herr Moll hoffentlich in Lingen neue Informationen erhalten, die zur Aufklärung dieses Falls beitragen.«

»Das wäre wirklich wünschenswert«, seufzte Oltbeck. »Wenigstens ist es uns gelungen, diese Frau unblutig aus dem Verkehr zu ziehen. Es wird sich schon bald herausstellen, ob ihre Schusswaffe registriert ist. Ansonsten ist mir aufgefallen, dass sie ihr Mobiltelefon mit rechts hält und auch ihre Pistole in der Nähe des rechten Arms lag. Sagten Sie nicht, dass Lübbo Hamstra vermutlich von einem Linkshänder erstochen wurde?«

»Davon gehen wir zurzeit aus. Trotzdem kann sie natürlich in den Fall verwickelt sein«, erwiderte Mona. Da die Befragungen von Anneke Joost und Eyk Hamstra warten mussten, verbrachte die Kommissarin den Rest des Arbeitstages mit der ergebnislosen Suche nach Zeugen, die in der Nacht von Lübbo Hamstras Ermordung auf der Promenade etwas Verdächtiges bemerkt hatten. Die Kommissarin sprach mit dem Personal der dortigen Gastronomiebetriebe sowie mit der Malerin, die ihr Atelier in der Nähe hatte. Niemandem war etwas aufgefallen.

Als Mona Feierabend machte und ihre Wohnung betrat, empfing Grietje sie mit einer Flasche Sekt. Die Kriminalistin runzelte die Stirn.

»Was soll das denn werden? Sollen wir uns heute schon wieder die Kante geben?«

»Dafür gibt es einen guten Anlass«, behauptete die Polizeimeisterin. »Ich glaube, dass ich dir in deinem Mordfall Lübbo Hamstra einen entscheidenden Hinweis geben kann.«

Mit diesen Worten zog sie eine gelbe Plastikkapsel hervor und hielt sie Mona triumphierend unter die Nase. Es handelte sich um eine Verpackung, in der sich normalerweise Mini-Kinderspielzeug und andere Staubfänger verbergen. Die Kommissarin war gereizt: »Hast du das Ding aus einem Kaugummiautomaten gezogen? Ich bin nicht in der Stimmung für dumme Witze.«

»Auf den Inhalt kommt es an.«

Mit diesen Worten öffnete Grietje die Kapsel. Mona kam aus dem Staunen nicht heraus. Darin befand sich ein ziemlich großer Diamant.

Kapitel 11

»Du guckst wie ein Auto, Mona.«

Dieser freche Spruch war typisch für die sommersprossige Polizeimeisterin. Die Kommissarin fand es beruhigend, dass Grietje wieder zu ihrem normalen Verhalten zurückgefunden hatte. In diesem Moment interessierte sie sich allerdings für etwas ganz anderes.

»Wo hast du den Edelstein her?«

»Heute war ich in der chemischen Reinigung, um meine Uniformhose abzuholen. Ich hatte dir doch erzählt, dass sie bei dem Einsatz mit Lübbo Hamstra etwas beschmutzt wurde. Jedenfalls hat die Frau von der Reinigung diese Kapsel in einer Tasche gefunden und mir gegeben. Ich wollte das Teil gleich wegwerfen, weil es mir definitiv nicht gehört. Doch als ich hineingeschaut habe, änderte ich meine Meinung sofort.«

»Dieser Diamant … ist er echt?«

»Ich bin sofort zu dem Juwelier in der Franz-Habich-Straße gedüst und bat ihn um seine fachliche Meinung. Ihm ist fast der Kitt aus den Brillengläsern gefallen, als er den Klunker beäugt hat. Er meint, dass der Stein mindestens zehntausend Euro wert wäre.«

Mona pfiff durch die Zähne. Diese Information musste sie erst einmal verdauen.

»Lübbo muss dir den Diamanten während des Polizeieinsatzes in die Tasche gesteckt haben. Eine andere Möglichkeit gibt es nicht.«

»Darauf bin ich auch schon gekommen, Sherlockine Holmes! Aber aus welchem Grund? War er so geblendet von meiner Schönheit, dass er mir ein kleines Vermögen zu Füßen legen wollte?«

»Ich will dir ja nicht zu nahe treten, aber ich vermute eine andere Motivation. Womöglich wurde Lübbo verfolgt und befürchtete, dass man den Stein bei ihm fände. Er wusste nicht, wo er den Diamanten hintun sollte. Also steckte er ihn dir in die Tasche.«

Grietje stieß langsam die Luft aus den Lungen.

»Ja, so könnte es gewesen sein. Glaubst du, er hat mich *absichtlich* bespuckt, damit die Hose in der Reinigung landet?«

»Ich weiß es nicht«, gab Mona zu. »Diese Frage wird unbeantwortet bleiben müssen, weil nur Lübbo sie beantworten könnte. Immerhin liefert uns dieser Diamant ein überzeugendes Motiv für die Durchsuchung deiner Wohnung.«

Die Polizeimeisterin nickte grimmig.

»Tede, dieser Mistkerl! Er muss gewusst oder geahnt haben, dass der Alte mir den Klunker untergeschoben hat. Deshalb wollte er mich an dem Abend unbedingt sehen. Er hatte vor, sich den Stein unter den Nagel zu reißen.«

»Dein Freund heißt in Wirklichkeit Aarie van Kolk und ist ein niederländischer Krimineller«, erklärte Mona. Sie hatte lange überlegt, wie sie ihrer Kollegin diese Neuigkeit schonend beibringen sollte. Aber ihr war keine Möglichkeit eingefallen. Grietje erbleichte und ließ sich auf einen der Küchenstühle fallen. Ihre Reaktion zeigte Mona, dass sie immer noch Gefühle für den Gesuchten hatte.

»Wie konnte er mich nur so verschaukeln?«, murmelte sie nach einigen Augenblicken der Stille. »Und ich habe noch nicht mal gemerkt, dass Tede oder Aarie oder wie immer er heißen mag, ein Holländer ist. Na ja, wir haben auch nicht wirklich viel gesprochen, sondern überwiegend geknutscht.«

Grietjes blasse Wangen wurden nun vor Verlegenheit rot, was bei ihr selten vorkam.

»Vielleicht hat er ja Plattdeutsch geredet«, schlug Mona vor. »Wir sollten den Sekt aufheben, bis wir den Fall gemeinsam gelöst haben. Dann gibt es wirklich einen Grund zum Feiern. Dieser Diamant ist in meinen Augen jedenfalls ein weiterer schlagender Beweis dafür, dass du mit Tedes Machenschaften nichts zu tun hattest.«

»Du meinst, weil ich den Stein behalten hätte, wenn ich eine Kriminelle wäre?«

»Richtig, Grietje! Ich kann es kaum erwarten, den Kollegen aus Emden von dieser neuen Entwicklung zu berichten.«

Die Polizeimeisterin stand auf, stellte die Sektflasche in den Kühlschrank und setzte Wasser für Tee auf. Sie fühlte sich offensichtlich in Monas Wohnung schon wie zu Hause. Dann drehte sie sich zu der Kommissarin um.

»Wenn unsere Annahmen stimmen, dann wäre Tede Lübbos Mörder. Er verfolgte ihn, und der Alte sah keinen anderen Ausweg, als den Diamanten in meine Hosentasche zu stecken. Ich verstehe bloß nicht, warum das spätere Opfer sich nicht Hinderk und mir anvertraut hat.«

»Lübbo war selbst auf unehrliche Art zu dem Edelstein gekommen«, mutmaßte Mona. »Also konnte er gegenüber der

Polizei nicht mit offenen Karten spielen. Es ist allerdings auch eine andere Variante denkbar.«

Grietje schaute ihre Gastgeberin fragend an.

Die Kommissarin fuhr fort: »Tede ist nicht Lübbos Mörder, sondern sein Komplize. Lübbo flieht vor seinen Verfolgern und randaliert auf der Promenade, um sich von der Polizei festnehmen zu lassen. Du und Hinderk rücken an. Der Alte weiß aus irgendwelchen Gründen, dass du Tedes Freundin bist. Lübbo ergreift die einmalige Chance und steckt dir die Kapsel zu – in der Hoffnung, dass du nichts bemerkst.«

»Das hat ja auch zunächst funktioniert«, murmelte die Polizeimeisterin.

Mona entwickelte ihre Annahme weiter: »Sobald ihr Lübbo wieder auf freien Fuß gesetzt habt, informiert er Tede. Daraufhin verabredet sich dein Freund mit dir. Ihr trinkt Cocktails, er flößt dir diesen Chemiemix ein. Als du weggetreten bist, durchwühlt er deine Wohnung und vermutlich auch deine Klamotten. Er sucht verzweifelt nach dem Edelstein. Logischerweise findet er den Diamanten nicht, weil du die Hose schon in die Reinigung gegeben hast.«

Die Polizeimeisterin goss den Tee auf.

»So weit kann ich dir folgen, Mona. Aber Tede ist nicht dumm. Er konnte sich denken, dass die Uniformhose in der Reinigung ist. Zumal ich ihm auch noch von Lübbos Übelkeitsattacke erzählt habe. Warum hat er nicht versucht, sich den Klunker von dort zu beschaffen? Auf eine Straftat mehr oder weniger wäre es auch nicht angekommen.«

Mona hob die Schultern.

»Womöglich wurde er daran gehindert oder er hatte etwas anderes zu erledigen. Noch wissen wir nicht, ob Lübbo und Tede nur Teile eines größeren Netzwerkes waren. Und welche Rolle spielt diese Anneke Joost?«

»Wer?«

Die Kommissarin erinnerte sich, dass sie ihrer Kollegin noch gar nicht von der geheimnisvollen Holländerin erzählt hatte. Also gab sie Grietje eine Kurzfassung, während die Frauen Tee tranken.

»Eine kriminelle Ex-Polizistin? Auch das noch«, stöhnte Monas neue Mitbewohnerin, als die Ermittlerin ihren Bericht beendet hatte.

Mona nickte.

»Diese Frau ist keine Kollegin mehr, sie steht auf der Seite des Unrechts. Für mich ist die Hauptsache, dass du uns erhalten bleibst. Was wäre die Borkumer Polizei ohne dich?«

Grietje verzog den Mund.

»Danke für das Kompliment. Sei bloß nicht zu nett, sonst ziehe ich noch endgültig bei dir ein. – Nun schau nicht so entsetzt, das war ein Witz. Seit ich wieder klar im Kopf bin, frage ich mich, wo Tede abgeblieben sein könnte. Und mir fällt keine Lösung ein. In der Norderstraße habt ihr wahrscheinlich schon nach ihm gesucht?«

Mona nickte und fragte: »Wo habt ihr euch denn immer getroffen?«

»In meiner Wohnung«, antwortete die Polizeimeisterin. »Ich fand seinen Vermieter, diesen Althippie, gruselig. Ich wollte nicht mit Tede zur Sache kommen, während Donker nebenan hockt. Daher kam Tede meist zu mir. Was für ein Dreck, ich komme mir jetzt so richtig ausgenutzt vor!«

»Wir werden den Kerl erwischen«, versicherte Mona. »Als Anneke Joost von Lübbos Tod erfuhr, schien sie richtig überrascht zu sein. Ich wette, dass sie die Hintergründe dieses Falls kennt und zumindest eine Vermutung hat, wer Eyks Bruder getötet haben könnte.«

»Fragt sich nur, ob sie im Verhör auspackt«, grummelte die Polizeimeisterin.

Kapitel 12

Am nächsten Morgen war es zunächst diesig, doch ein kräftiger Nordwind schaffte Klarheit am Horizont. Schon gegen acht Uhr stand die Sonne an einem wolkenlosen Himmel. Mona hoffte, dass sie auch in ihrem Mordfall endlich den Durchblick bekommen würde.

Die Kriminalistin hatte gerade ihr Fahrrad hinter der Polizeistation geparkt, als Lena Melling und Heiko Stensen auf sie zukamen.

»Moin, wir haben eine Spur, die zu Tede Kupper führt«, sagte die Emder Kollegin eifrig. »Der Mordverdacht gegen Grietje Smit dürfte damit hinfällig geworden sein.«

Mit diesen Worten zeigte sie der Borkumer Kommissarin ein Foto, das offensichtlich von der Überwachungskamera eines Geldautomaten stammte. Darauf war ein Mann mit Baseballkappe zu sehen, der gerade Banknoten aus dem Apparat zog.

»Von dem Gesicht ist nicht viel zu erkennen«, stellte Mona nüchtern fest. »Es lässt sich noch nicht einmal genau sagen, ob das ein Mann oder eine Frau ist. Lediglich die helle Hautfarbe ist unverkennbar.«

»Richtig, und doch sind wir sicher, dass es sich bei der Person um Tede Kupper handelt«, betonte Lena Melling. »Erstens hat er tausend Euro von einem Konto abgehoben, das auf seinen echten Namen Aarie van Kolk läuft. Wir haben nämlich die Bankverbindungen des vorbestraften Niederländers prüfen lassen. Dadurch wurden wir auf diese Barauszahlung überhaupt aufmerksam. Und zweitens haben wir das Bild den Experten beim Landeskriminalamt Niedersachsen gezeigt. Obwohl man nur einen kleinen Teil des Kopfes erkennen kann, handelt es sich bei diesem Mützenträger mit an Sicherheit grenzender Wahrscheinlichkeit um den gesuchten Tede Kupper.«

Mona warf noch einen Blick auf das Bild.

»Wenn man bedenkt, dass nur ein Ohr und die Kinnpartie zu erkennen sind, ist das ein gutes Ergebnis«, meinte sie. »Wo steht dieser Geldautomat?«

»In Groningen, in den Niederlanden«, antwortete die Emder Kollegin. »Das Foto wurde am gestrigen Tag aufgenommen. Wir haben die dortige Polizei um Hilfe gebeten. In seiner Heimat liegt gegen Tede Kupper aktuell nichts vor. Aber er steht im dringenden Verdacht, Grietje Smit diesen Drogencocktail eingeflößt zu haben.«

»Womöglich hat er noch mehr auf dem Kerbholz«, sagte Mona und berichtete Lena Melling und Heiko Stensen von dem Diamantenfund. Sie hatte den Edelstein dabei, um ihn Oltbeck zu präsentieren. Danach würde das Beweisstück vermutlich ins kriminaltechnische Labor geschickt werden. Womöglich konnte man es einem bestimmten Raubüberfall zuordnen. Ein Stein von dieser Größe und diesem Wert war vermutlich selten.

»Wir sollten das weitere Vorgehen mit Ihrem Chef besprechen«, schlug Stensen vor, nachdem er sich von der ersten Überraschung erholt hatte. Das war der Kriminalistin nur recht. Sie schämte sich immer noch dafür, dass sie den auswärtigen Ermittlern gegenüber zunächst so zickig gewesen war.

Nun erschien auch Enno auf der Bildfläche. Er nahm ebenfalls an der Besprechung bei Oltbeck teil. Mona berichtete im Büro des Dienststellenleiters noch einmal alles, was sie von Grietje erfahren hatte. Dabei unterstrich sie, wie umsichtig die junge Polizeimeisterin gewesen war, indem sie den Edelstein sofort schätzen ließ. Doch es war gar nicht notwendig, die Kollegin zu sehr über den grünen Klee zu loben. Der Edelstein auf Oltbecks grüner Schreibunterlage war ein allzu beeindruckendes Beweisstück. Natürlich informierte Lena Melling den Hauptkommissar auch über den Verbleib von Tede Kupper.

»Während wir diesen Mann für tot hielten, hat er sich in aller Seelenruhe in sein Heimatland abgesetzt«, murmelte der Chef. »Die Verdächtige Anneke Joost hat soeben mit einem Rechtsanwalt telefoniert, er wird im Lauf des Tages auf Borkum eintreffen. Ich hoffe, dass dann ein Verhör möglich sein wird. Das übernehmen bitte Sie, Frau Sander und Herr Moll. Konnten Sie eigentlich in der JVA Lingen etwas erreichen?«

Der letzte Satz war an Enno gerichtet. Der gewichtige Oberkommissar nickte und deutete auf den Edelstein.

»Diamant ist ein gutes Stichwort, Herr Oltbeck. Das gilt auch für meine neuen Informationen. Pieter van Geldern, Lübbo Hamstras einstiger Gefängnis-Angreifer, hatte sich auf Edelsteinraub spezialisiert. Die beiden waren Zellengenossen.«

Nun richteten sich die gespannten Blicke aller Anwesenden auf Enno.

Er berichtete: »Van Geldern fuhr damals von Amsterdam nach Hannover, als er in eine Verkehrskontrolle geriet. Der Räuber erschoss einen Polizeiobermeister und wurde zu einer lebenslangen Freiheitsstrafe verurteilt. Offenbar hielt er auch hinter Gittern noch Kontakt zu seinen Kumpanen in Holland. Der Streit mit Lübbo Hamstra entstand dadurch, dass Hamstra heimlich ein Kassiber las, das van Geldern von einem seiner Besucher bekommen hatte.«

»Worum ging es in dieser Nachricht?«, wollte Mona wissen.

»Als ich van Geldern diese Frage stellte, hüllte er sich in Schweigen. Ich vermute, dass es um einen Coup ging. Immerhin hat der Niederländer sein Fahrtziel Hannover nicht erreicht. Und als er nach dem Polizistenmord verhaftet wurde, hatte er Diamanten im Wert von dreißigtausend Euro bei sich. Über die Herkunft dieser Steine schwieg er sich aus. Sie konnten aber einem Raubüberfall in Amsterdam zugeordnet werden.«

»Bei Verbrechen dieser Dimension hat man es so gut wie nie mit Einzeltätern zu tun«, stellte der Chef fest.

Enno nickte.

»Van Geldern ist einschlägig vorbestraft. Er gehört zu einem Netzwerk, einer Bande oder wie immer man so eine kriminelle Organisation auch nennen mag. Jedenfalls war dieser Kassiber ihm so wichtig, dass er deshalb Lübbo Hamstra niederstach. Er konnte keinen Mitwisser gebrauchen.«

»Aber diese Tat liegt Jahre zurück«, gab Mona zu bedenken. »Die einzige Verbindung zu unserem aktuellen Fall besteht darin, dass Lübbo vor Kurzem noch in Amsterdam war und Grietje heimlich einen Diamanten zugesteckt hat. – Moment, denkst du etwa, dass van Gelderns Kumpane hinter dem Mord auf der Promenade stecken? Könnten sie das Opfer verfolgt haben?«

Der stämmige Ostfriese hob seine breiten Schultern.

»Darüber können wir momentan nur spekulieren. Fest steht, dass van Geldern bereits über Lübbos Tod Bescheid wusste. Ich habe ihn darüber nicht informiert. Es stand natürlich in der Lokalpresse. Aber ich bezweifle, dass man in der JVA Lingen die Borkumer Zeitung abonniert hat.«

Die rotblonde Kommissarin runzelte die Stirn.

»Hat der Holländer dir gegenüber klipp und klar zugegeben, dass er über den Mord informiert war?«

»Als ich den Namen Lübbo Hamstra erwähnte, grinste er breit. Dann sagte van Geldern, dass dieser *freeloader* nie mehr Ärger machen würde. Das klang für mich ziemlich eindeutig.«

»*Freeloader*? Was soll das heißen? Ist das ein Wort aus dem Verbrecherslang?«, fragte Oltbeck.

»Ich habe es mir aufgeschrieben, weil ich damit auch nichts anfangen konnte«, entgegnete der Oberkommissar. »Dieser englische Begriff heißt wörtlich übersetzt Trittbrettfahrer.«

Mona schnippte mit den Fingern.

»Das könnte einen Sinn ergeben! Lübbo hat damals den Kassiber gelesen. Vielleicht konnten die Informationen ihm dazu verhelfen, ebenfalls krumme Dinger mit Diamanten zu drehen. Wenn er die Methoden dieser holländischen Bande kopiert hat, war er genau das: ein Trittbrettfahrer!«

Das Gesicht des Chefs drückte Skepsis aus.

»Lübbo wirkte nicht wie ein Mann, der die Taschen voller Diamanten hat.«

»Und doch hat er einen solchen Edelstein in Grietjes Tasche gesteckt!«, rief die Kommissarin triumphierend. »Wie sollte der Klunker denn sonst in die Uniformhose gelangt sein? Von dem Gehalt einer Polizeimeisterin kann man sich so eine Kostbarkeit jedenfalls nicht kaufen.«

Lena Melling hob den Zeigefinger.

»Wir sind uns wohl einig darüber, dass der Edelstein sich ursprünglich im Besitz von Lübbo Hamstra befand. Entweder hat er ihn selbst geraubt oder er ist ein Hehler. Aber warum sollte der Inhaftierte aus der JVA Lingen sich im Gespräch mit Herrn Moll so freimütig über den Trittbrettfahrer auslassen? Damit lenkt er den Mordverdacht doch automatisch auf seine eigenen Komplizen.«

»Nicht unbedingt«, wandte Enno ein. »Amsterdam ist *die* europäische Diamantenmetropole. Entsprechend groß dürfte ihre Anziehungskraft für einschlägige Kriminelle sein. Die Konkurrenz unter Verbrecherbanden ist gnadenlos. Womöglich hat Lübbo einer anderen Gruppe ins Handwerk gepfuscht und dadurch sein Todesurteil unterschrieben.«

»Da käme dann diese kriminelle Ex-Polizistin ins Spiel«, meinte Mona. »Sie schien allerdings über Lübbos Tod verblüfft zu sein. Es lässt sich jedenfalls nicht leugnen, dass die beiden einander gekannt haben. Außerdem bin ich überzeugt davon, dass sie mit *beiden* Brüdern unter einer Decke steckt. Nachdem Anneke Joost aus dem Hotel geflohen ist, hat Eyk Hamstra ihr in seinem Probenraum Unterschlupf gewährt. Zuvor leugnete er uns gegenüber noch, sie jemals gesehen zu haben. Er wird uns eine ganze Menge erklären müssen.«

Der Dienststellenleiter nickte.

»Gut, dann kümmern Sie und Herr Moll sich um Anneke Joost und Eyk Hamstra. Wann sollen eigentlich Lübbos Obduktionsergebnisse vorliegen?«

»Mit etwas Glück treffen sie heute ein«, vermutete Enno.

Oltbeck seufzte.

»In einem solch verzwickten Fall bin ich für jede objektive Information dankbar. – Wie wollen Sie weiter vorgehen?«

Diese Frage galt den Emder Ermittlern. Heiko Stensen ergriff das Wort.

»Die niederländischen Kollegen fahnden bereits nach Tede Kupper, da er gestern in Groningen gesehen wurde. Die Frage lautet, ob er noch einmal nach Borkum zurückkehrt oder nicht. Wir wollen nachvollziehen, wo er auf der Insel einen Unterschlupf gehabt hat. Und damit meine ich nicht seine Meldeadresse in der Norderstraße, sondern ein geheimes Versteck.«

»In Ordnung, dann halten Sie mich auf dem Laufenden.«

Mit diesen Worten beendete der Chef die Besprechung.

»Ein Verhör mit Anneke Joost ist nicht möglich, bevor ihr Anwalt eingetrudelt ist«, sagte Mona zu Enno. »Wollen wir uns gleich mal Eyk Hamstra zur Brust nehmen?«

»Klar, kein Problem.«

Die Kommissarin griff zum Smartphone und schickte eine Nachricht ab.

»So, jetzt können wir losfahren.«

»Wem hast du geschrieben?«, wollte ihr Kollege wissen.

»Ich dachte immer, dass *ich* bei uns für die Neugier zuständig wäre«, lachte Mona. »Also, ernsthaft: Ich habe dem Inspecteur bei der Amsterdamer Polizei ein Foto des sichergestellten Diamanten geschickt. Vielleicht kann er uns auf dem kurzen Dienstweg mitteilen, ob dieses Kleinod aktuell in den Niederlanden vermisst wird.«

»Gute Idee«, murmelte Enno, während er die Fahrertür des Opel Vectra öffnete. Doch mit den Gedanken schien er ganz woanders zu sein. Mona merkte das sofort, weil sie ihn besser kannte als jeden anderen Menschen auf der Welt.

»Was ist los?«, wollte sie wissen.

»Ich kann mir einfach nicht vorstellen, dass Lübbo als Bote eines Diamantenräuber-Syndikats unterwegs war. Er sah doch aus, als ob er auf Almosen angewiesen wäre.«

»Das war eine erstklassige Tarnung, mein Lieber! So erklärt sich auch, weshalb er so oft unterwegs gewesen ist. Allerdings wird sein Bruder genau gewusst haben, was Lübbo so treibt. Womöglich war er sogar an dem Geschäft beteiligt. Tatsache ist, dass beide Männer Anneke Joost kennen oder gekannt haben.«

»Ich habe das eben gerade nur so am Rand mitgekriegt, Mona. Was war denn mit dieser Frau? Ist sie wirklich eine kriminelle Ex-Kollegin?«

»Allerdings. Und ich habe mich gestern nicht gerade mit Ruhm bekleckert«, gab die Kommissarin zerknirscht zu. Dann schilderte sie dem stämmigen Ostfriesen, wie sie von Anneke Joost überrumpelt worden war. Enno zog seine buschigen Augenbrauen zusammen.

»Das hätte auch ins Auge gehen können.«

»Ich weiß, und ich gelobe Besserung.«

Während ihres Gesprächs waren die Ermittler über die Reedestraße Richtung Fähranleger gefahren. Sie sahen aus der Entfernung eine Inselbahn, die mit neu ankommenden Urlaubern voll besetzt war. Mona dachte sich, dass die Schiffsrouten von Eemshaven und Emden aus keine schlechten Schmuggelstrecken für Diamanten waren. Die gelegentlich stattfindenden Stichproben des Zolls zielten meist auf Drogen ab, die Spürhunde waren entsprechend abgerichtet. Aber Lübbo Hamstra hätte die Taschen voller Edelsteine haben können und wäre trotzdem für einen bedauernswerten Obdachlosen gehalten worden.

Der Oberkommissar parkte wieder vor der Tischlerei. Dort war es ruhig, für Monas Geschmack zu ruhig. Jetzt, am späten Vormittag, hätten die Männer eigentlich mit Volldampf arbeiten müssen. Als die Kommissarin das letzte Mal hier war, schufteten sie mit Hochdruck an einem eiligen Auftrag. Oder war der schon ausgeführt worden?

Mona legte instinktiv die Hand auf ihren Pistolengriff. Noch einmal wollte sie sich nicht kalt erwischen lassen. Sie tauschte mit Enno einen Blick.

»Wo sind die alle?«, wisperte sie. Ihr Kollege hob die Schultern. Er tastete ebenfalls nach seiner Pistole. Die Werkhalle war nicht verschlossen. Die Ermittler traten leise ein. Es standen einige halb fertige Möbel herum. Auf Mona wirkte die Szenerie so, als ob die Tischler abrupt geflohen wären. Aber aus welchem Grund?

Irgendetwas stimmt hier nicht, dachte die Kriminalistin. Sie drang tiefer in die Halle vor, wobei sie ihren Blick von links nach rechts schweifen ließ und sich auf einen Hinterhalt vorbereitete.

Doch stattdessen fand sie einen leblosen Körper in einer Blutlache. Es war Eyk Hamstra, der auf dem Boden seiner eigenen Tischlerei lag. Vom Eingang aus hatte man ihn nicht bemerken können, da ein Holzstapel die Sicht versperrte.

»Enno!«

Sie rief ihren Kollegen, während sie sich neben den Mann kniete und nach seiner Halsschlagader tastete. Im ersten Moment befürchtete Mona, dass sie zu spät käme. Seine Haut fühlte sich schon sehr kalt an. Doch dann fühlten ihre Fingerkuppen eine winzige Bewegung. Sie drehte sich zu dem Oberkommissar um.

»Eyk hat noch Puls, wenn auch sehr schwach! Er benötigt sofort einen Rettungswagen!«

Enno nickte und griff zum Funkgerät, um eine Ambulanz anzufordern. Währenddessen schaute Mona sich die Wunde genauer an. Der Tischlermeister war offensichtlich mit einem Hammer niedergeschlagen worden. Die mutmaßliche Tatwaffe lag direkt neben ihm, mit Blut besudelt.

Wer hat das getan? Wo sind die beiden Gesellen?

Diese Fragen drängten sich der Kommissarin auf. Doch zunächst musste der Verletzte versorgt werden, alles andere konnte warten. Mona rannte zum Auto, holte den Erste-Hilfe-Kasten und kehrte zu Eyk zurück. Sie kniete sich neben ihn, presste ein steriles Verbandspäckchen gegen die Kopfwunde und achtete darauf, dass sich sein Zustand nicht noch weiter verschlechterte. Eyk Hamstra war bewusstlos. Die Wunde befand sich an seinem Hinterkopf. Entweder hatte er den Täter nicht kommen sehen oder ihm vertraut. Oder beides. Ob etwas gestohlen worden war? Nach Monas Meinung sah es hier genauso aus wie bei ihrem letzten Besuch. Abgesehen davon, dass einige Möbelstücke fertiggestellt waren und in Plastik verpackt auf ihren Abtransport warteten.

»Der Krankenwagen wird gleich hier sein.«

Ennos Stimme riss sie aus ihren Überlegungen.

»Das beruhigt mich, der Puls ist nämlich sehr unregelmäßig. Eyk braucht so bald wie möglich ärztliche Hilfe.«

Wenig später trafen ein Notarzt und zwei Sanitäter ein. Sie versorgten die Kopfwunde provisorisch und schafften den Tischlermeister ins Stadtkrankenhaus Borkum.

»Ich werde dafür sorgen, dass ein Kollege vor seinem Zimmer Wache hält«, kündigte Enno an und betätigte erneut das Funkgerät.

Mona nickte düster. Falls der Täter erfuhr, dass Eyk Hamstra noch lebte, würde er sein blutiges Werk vollenden wollen.

Kapitel 13

»Sind wir uns einig darüber, dass Eyk vom Mörder seines Bruders angegriffen wurde?«

Diese Frage stellte die Kommissarin, nachdem die Ermittler die Werkhalle polizeilich versiegelt hatten und zum Ort zurückfuhren. Später sollten Kriminaltechniker die Tischlerei genauer unter die Lupe nehmen.

»Zumindest fällt mir momentan niemand anders ein, der ihm nach dem Leben trachten könnte«, erwiderte ihr Kollege. »Eyk könnte von dieser Diamanten-Geschichte gewusst haben. Womöglich kennt er auch den Aufenthaltsort von Tede Kupper.«

»Der wurde ja zuletzt auf dem niederländischen Festland gesichtet«, erinnerte Mona. »Außerdem kann ich mir beim besten Willen nicht vorstellen, dass Eyk in den Mord an seinem Bruder verwickelt ist. Lübbo scheint ihm viel bedeutet zu haben.«

Der Oberkommissar nickte.

»Dann gehst du also davon aus, dass Tede Kupper Lübbo getötet hat? Und aus welchem Grund? Weil er auf den Diamanten scharf war?«

Die Ermittlerin schüttelte den Kopf.

»Nein, diese Lösung ist mir zu simpel. Wir dürfen nicht vergessen, dass der holländische Kriminelle Aarie van Kolk *seit Jahren* unter dem falschen Namen Tede Kupper auf Borkum gelebt hat. Weshalb?«

»Er könnte den Zorn von Amsterdamer Gangster-Rivalen auf sich gezogen haben. In diesen Kreisen fängt man sich schnell ein Todesurteil ein. Also wurde es ihm in seiner Heimat zu gefährlich und er tauchte hier unter.«

»Tede muss ein Geheimnis haben«, dachte Mona laut nach. »Laut den Gesellen ist er in der Tischlerei wohl wegen mangelhafter Fähigkeiten eher unterbeschäftigt gewesen. Wovon hat er gelebt? Von den paar Euro, die Eyk ihm zugesteckt hat? Viel kann das nicht gewesen sein, andernfalls hätte er wohl kaum in Donkers Kifferbude gehaust. Womöglich können uns die anderen Bandmitglieder mehr über ihn sagen.«

»Du hast recht, wir sollten uns die Musiker noch einmal vorknöpfen. Es gibt natürlich auch die Möglichkeit, dass sie über seine Heimlichkeiten Bescheid wussten und ihn deckten. Oder zumindest einer oder zwei von ihnen.«

»Ich tippe auf Eyk Hamstra selbst«, meinte Mona. »Als Bandboss hält er doch alle Fäden in der Hand. Doch wenn Tede den Tischlermeister totschlagen wollte, musste er dafür zunächst nach Borkum zurückkehren. Ich dachte, dass der Fährhafen und der Flugplatz überwacht werden.«

»Das stimmt auch«, gab ihr Kollege zurück. »Aber er könnte natürlich auch an Bord einer Segelyacht hierher gekommen sein.«

Mona ärgerte sich, weil sie an diese Möglichkeit nicht gedacht hatte. Doch jetzt galt es zunächst, die Alibis der Tischlergesellen zu überprüfen. Die Kommissarin hatte sich beim ersten Kontakt die Handynummern der beiden Männer geben lassen. Sie rief Reemt Bolte an. Er nahm das Gespräch nach dem dritten Klingeln an. Bolte schien außer Atem zu sein.

»Ja?«

»Moin, hier ist Kommissarin Sander. Wir müssen noch einmal mit Ihnen sprechen.«

»Kommen Sie doch vorbei, ich bin beim Beachvolleyball.«

»Okay, bis gleich.«

Mona hatte bewusst nicht erwähnt, dass Boltes Chef schwer verletzt worden war. Sie wollte die Reaktion des Tischlergesellen beobachten und auch sein Alibi überprüfen. Die Kriminalisten wussten noch nicht exakt, wann Eyk Hamstra angegriffen worden war. Doch der Gerinnungsgrad des Blutes ließ darauf schließen, dass die Ermittler das Opfer nicht länger als eine halbe Stunde nach der Tat gefunden hatten.

»Wir machen einen Ausflug zum Strand«, sagte die Kommissarin zu ihrem Kollegen, der am Lenkrad des Opel Vectra saß.

»Lässt Bolte sich die Sonne auf den Bauch scheinen?«

»Nein, er ballert einen Ball übers Netz.«

»Alles klar«, gab Enno grinsend zurück. Er fuhr bis zu der Straße Am Westkaap und parkte dort. Die Kriminalisten stiegen aus und gingen zum Strand hinunter, der hier besonders breit war. Sie stapften durch den warmen Sand auf die Volleyball-Location zu. Hier fanden sich während der Saison tagsüber eigentlich immer Spieler ein, es gab auf der Insel auch Turniere, Workshops und Camps für sportbegeisterte Touristen.

Mona hatte ihre Sonnenbrille aufgesetzt, um bei dem strahlend schönen Wetter die Gesichter der Volleyballer besser erkennen zu können.

Sie deutete auf Bolte.

»Wir haben Glück, Enno. Klose ist auch hier. Da können wir gleich beide Alibis überprüfen.«

Die Tischlergesellen trugen hier natürlich keine Arbeitskleidung, sondern Bermudashorts, Sonnenbrillen und Basecaps. Ihre tief gebräunten Körper deuteten darauf hin, dass sie sich oft am Strand aufhielten. Als Bolte und Klose die Kommissare bemerkten, unterbrachen sie die Partie und traten auf Mona und Enno zu.

»Wollen Sie auch mitspielen, Frau Sander?«, fragte Bolte lächelnd, während er den Ball einer Blonden im pinkfarbenen Bikini zuwarf.

»Wir sind im Dienst, Herr Bolte«, lautete die Antwort. »Warum sind Sie beide nicht bei der Arbeit?«

Der Geselle runzelte die Stirn.

»Das geht die Polizei zwar nichts an, aber unser Chef hat uns freigegeben. Wir waren selbst ganz überrascht. Da haben Nanno und ich spontan beschlossen, an den Strand zu gehen.«

Nanno Klose nickte bestätigend.

Mona hakte nach.

»Das hört sich so an, als ob sie gar nicht mit der heutigen Freizeit gerechnet hätten.«

»Stimmt, das haben wir auch nicht. Wir sind heute ganz normal zur Arbeit erschienen, um acht Uhr. Später bekam Herr Hamstra einen Anruf. Daraufhin sagte er, dass wir für heute Feierabend machen könnten. Und das, obwohl momentan reichlich zu tun ist.«

»Geschah so etwas öfter?«, wollte Enno wissen.

»Nein, eigentlich nie. – Was soll diese Fragerei überhaupt?«

Boltes Gesichtsausdruck zeigte nun offenes Misstrauen.

»Zunächst möchte ich wissen, wo Sie während der vergangenen zwei Stunden waren«, stellte Mona klar. Bolte und Klose gaben an, auf oder neben dem Volleyballfeld gewesen zu sein. Das wurde auch von mindestens einem halben Dutzend der anderen Spieler bestätigt. Da es sich bei ihnen um bunt zusammengewürfelte Urlauber aus unterschiedlichsten Regionen handelte, ging die Kommissarin nicht von Lügen zugunsten der beiden Tischlergesellen aus. Bolte und Klose hatten diese Sportkameraden offensichtlich gerade eben erst kennengelernt.

Enno berichtete nun, was geschehen war. Eyk Hamstras Mitarbeiter wirkten bestürzt.

»Mit einem Hammer niedergeschlagen? Wer macht denn so etwas?«, stammelte Bolte.

»Diese Frage wollen wir beantwortet haben«, betonte Mona. »Hat Ihr Chef mit jemandem Streit? Gibt es Personen, vor denen er sich fürchtete?«

Die Gesellen schauten einander ins Gesicht. Sie wirkten ratlos, konnten keinen Hinweis geben. Bolte und Klose kamen der Kommissarin glaubwürdig vor. Die Ermittler verabschiedeten sich und gingen zu ihrem Auto zurück. Enno wischte sich den Schweiß von der Stirn.

»Beim Beachvolleyball wird mir schon vom Zusehen warm«, stöhnte er. »Warum wurdest eigentlich nur *du* gefragt, ob du mitspielen möchtest?«

Mona blinzelte.

»Wahrscheinlich baggert Bolte lieber Frauen als Männer an. Außerdem – mit deiner Kraft würdest du den Ball doch sofort bis hinüber zur Sandbank pritschen!«

»Die Gefahr besteht«, räumte der hünenhafte Ostfriese ein.

Die Kriminalisten lachten, wurden aber sofort wieder ernst.

»Sind wir uns einig darüber, dass Eyk von dem unbekannten Anrufer niedergestreckt wurde?«, fragte Enno.

»Ja, das sehe ich auch so. In der Tischlerei habe ich kein Festnetztelefon bemerkt, also wird das Opfer mit seinem Smartphone telefoniert haben. Allerdings habe ich keins gefunden. Ich habe nämlich seine Taschen durchsucht, bevor er ins Krankenhaus gebracht wurde.«

Der Oberkommissar nickte.

»Der Täter wird es mitgenommen haben. Das nützt ihm aber nichts. Ich kenne Eyks Mobilfunknummer und fordere die Einzelverbindungsnachweise an. Sobald wir die haben, ist geklärt, wer ihn heute Morgen angerufen hat.«

Das war eine gute Idee, wie Mona fand. Die Ermittler kehrten zur Dienststelle zurück, um Oltbeck über die neueste Entwicklung zu informieren. Dort waren inzwischen die Ergebnisse der Obduktion und der kriminaltechnischen Analyse eingetroffen.

»Der Tod ist zwischen Mitternacht und ein Uhr früh eingetreten«, las Mona vor. »Todesursache war der Stich mit der Ahle, was wohl keinen von uns überraschen dürfte. Lübbo Hamstra war sauber, was Drogen anging. Und der Alkoholgehalt in seinem Blut war minimal. Er wird also genau mitbekommen haben, wer sich neben ihn auf die Bank gesetzt hat.«

»Und auf der Mordwaffe befinden sich weder Fremd-DNA noch Fingerabdrücke«, ergänzte Enno. »Das wäre wohl auch zu schön gewesen, um wahr zu sein.«

»Um Mitternacht war Tede bereits aus Grietjes Wohnung verschwunden«, stellte die Kommissarin fest. »Er hat also für die Tatzeit kein Alibi, falls nicht jemand anders seine Anwesenheit bezeugen kann.«

»Das bringt uns einen kleinen Schritt weiter«, sagte Enno. »Wir sollten jetzt zunächst mit Oltbeck reden.«

Der Chef war verständlicherweise nicht begeistert von einer neuen Gewalttat auf der idyllischen Insel.

»Wie geht es dem Opfer?«, fragte der Hauptkommissar.

»Ich soll informiert werden, sobald Eyk Hamstra aus der Bewusstlosigkeit aufwacht«, erwiderte Enno.

»Sehr gut. Übrigens ist inzwischen Dr. Richard Tönje hier eingetroffen. Anneke Joost hat ihn als Rechtsbeistand angefordert. Die beiden beraten zurzeit miteinander. Sobald ein Verhör möglich ist, lasse ich Sie informieren. Außerdem wird Frau Smit ab morgen wieder ihrem regulären Dienst nachgehen. Sie kann auch in ihre Wohnung zurückkehren, da die kriminaltechnischen Untersuchungen abgeschlossen sind.«

Die Nachricht vom Ende ihrer unfreiwilligen Frauen-WG erleichterte Mona. Sie mochte Grietje, doch die wuschelhaarige Polizeimeisterin konnte auf die Dauer anstrengend sein. Es reichte der Kommissarin eigentlich vollkommen aus, sie während der Dienststunden um sich zu haben. Außerdem fand sie es einfach schön, abends die Tür hinter sich zumachen zu können und nicht mehr an die anstrengende Polizeiarbeit denken zu müssen.

Plötzlich kam Britt Mölders ins Chefbüro.

»Entschuldigen Sie bitte die Störung«, sagte die uniformierte Kollegin zu Oltbeck. »Mona, da ist ein Anruf aus Amsterdam für dich.«

Die Kommissarin sprang auf und eilte in ihr eigenes Arbeitszimmer. Sie hatte schon seit dem Aufstehen gehofft, dass Inspecteur Johan de Wit sich melden würde. Er war wirklich am

Apparat. Aber das, was sie nun von ihm erfuhr, hätte sie niemals für möglich gehalten. Plötzlich erschien ihr der Fall in einem völlig neuen Licht.

»Ich weiß nicht, wie ich dir danken soll, Johan«, meinte Mona, nachdem sie einige Seiten in ihrem Notizbuch vollgeschrieben hatte.

»Gern geschehen, wir müssen doch zusammenhalten«, erwiderte der Holländer schmunzelnd. »Wenn du mal nach Amsterdam kommst, können wir ja ein *lekker Pilsje* zusammen trinken.«

»Darauf komme ich gern zurück«, erwiderte die Kommissarin und beendete das Telefonat. Sie konnte es kaum erwarten, die neuen Informationen mit Enno zu teilen. Doch als sie in Oltbecks Büro zurückkehren wollte, kam der Oberkommissar ihr bereits entgegen.

»Der Anwalt hat signalisiert, dass seine Mandantin jetzt mit uns reden will, Mona.«

Die Ermittlerin atmete tief durch.

»In Ordnung. – Ich habe neue Erkenntnisse, die einiges bei unserer Untersuchung über den Haufen werfen. Leider habe ich jetzt keine Zeit mehr, um dir alles mitzuteilen. Es betrifft jedenfalls auch diese kriminelle Ex-Polizistin.«

Enno klopfte Mona anerkennend auf die Schulter.

»Du wirst das Kind schon schaukeln. Ich halte mich ja bei Verhören sowieso lieber zurück, wie du weißt.«

Die Kommissarin lächelte ihm zu.

»Danke. Wenn diese Frau glaubt, uns veralbern zu können, wird sie noch ihr blaues Wunder erleben.«

Als die Kriminalisten den Verhörraum betraten, thronte Anneke Joost wie eine Diva auf ihrem Stuhl. Der unscheinbare Jurist Dr. Tönje wirkte neben ihr wie ihr Manager oder wie ihr Lakai, jedenfalls nach Monas Meinung. Das süffisante Lächeln wollte nicht von den Lippen der Verdächtigen verschwinden, während Enno sie über ihre Rechte belehrte. Nachdem er außerdem noch seinen und Monas Namen genannt hatte, kam die Kommissarin sofort zur Sache.

»Wir werfen Ihrer Mandantin Freiheitsberaubung, Nötigung und illegalen Waffenbesitz vor.«

Die Holländerin schaute zur Seite, als ob sie diese Befragung gar nichts angehen würde.

Dr. Tönje saß kerzengerade auf seinem Stuhl, seine Miene war unbewegt.

»Frau Joost bedauert diese Kurzschlussreaktion, sie hat für einen Moment die Nerven verloren. Ich möchte allerdings betonen, dass meine Mandantin sich noch niemals etwas hat zuschulden kommen lassen.«

»Ja, in Deutschland«, ergänzte Mona nickend. »In ihrem Heimatland ist sie allerdings wegen Korruption vorbestraft und deshalb aus dem Polizeidienst entfernt worden. Hat sie Ihnen diese Tatsache vorenthalten?«

Der Strafverteidiger wirkte überrascht. Offenbar hatte Anneke Joost es nicht für nötig befunden, Dr. Tönje über ihre dunkle Vergangenheit aufzuklären. Die Kommissarin konnte sich über dieses Verhalten nur wundern. War diese Verbrecherin besonders dumm oder ausgesprochen überheblich? Mona tippte auf die zweite Möglichkeit, denn für unintelligent hielt sie ihr Gegenüber nicht. Die Kriminalermittlerin hatte schon öfter erlebt, dass Ganoven sich den Borkumer Inselpolizisten haushoch überlegen fühlten. Diese Haltung war schon so manchem Straftäter zum Verhängnis geworden.

»Ich müsste noch einmal kurz mit meiner Mandantin unter vier Augen sprechen«, bat der Jurist.

Die Kommissare gingen hinaus und genehmigten sich erst einmal einen Tee.

»Verrätst du mir jetzt den neuesten Ermittlungsstand oder lässt du die Bombe gleich im Verhör platzen?«, forschte Enno.

Mona legte ihre Hand auf seinen Unterarm.

»Heute spiele ich mal die Geheimnisvolle, mein Lieber. Ich will dir nur sagen, dass du durch deine Befragung des JVA-Häftlings viel zur Auflösung dieses Falls beigetragen hast. Das Stichwort lautet Trittbrettfahrer.«

»Na, da bin ich ja beruhigt. Andernfalls würde ich mir noch völlig nutzlos vorkommen.«

Die Kommissarin lachte. Bevor sie etwas entgegnen konnte, ließ Dr. Tönje die Ermittler wieder hereinrufen. Anneke Joost wirkte nun nicht mehr ganz so eingebildet wie noch vor wenigen Minuten. Wahrscheinlich hatte ihr Rechtsbeistand ihr deutlich gemacht, dass ihre einzige Chance in der Auskunftsfreudigkeit gegenüber der Polizei lag.

Die Kommissare nahmen wieder Platz. Die Holländerin verschränkte die Arme.

»Am besten fragen Sie mich etwas. Ich weiß nämlich gar nicht, was ich aussagen soll.«

Mona schlug ihr Notizbuch auf.

»Gut, das können Sie haben. Was machen Sie zurzeit beruflich? Im Polizeidienst stehen Sie ja nicht mehr.«

Diesen kleinen Seitenhieb hatte die Ermittlerin sich nicht verkneifen können. Anneke Joost ließ daraufhin ein kühles Lächeln sehen.

»Ich nenne mich selbst gern Problemlöserin. Wenn Sie so wollen, bin ich eine Privatermittlerin ohne Lizenz.«

»Soso«, gab die Kommissarin unbeeindruckt zurück. »Dann nennen Sie bitte den Namen der Person, in deren Auftrag Sie aktuell unterwegs sind.«

»Das kann ich nicht tun.«

»Frau Joost, wir haben doch gerade über Kooperationsbereitschaft gesprochen«, sagte Dr. Tönje vorwurfsvoll.

Mona winkte ab: »Lassen Sie es gut sein, ich habe meine Hausaufgaben gemacht. Ihre Mandantin muss nicht indiskret werden. Ich weiß bereits, dass Sie für die Familie Huisman arbeiten.«

Die Ermittlerin musste ihr Triumphgefühl unterdrücken, als die »Problemlöserin« kurz zusammenzuckte. Eigentlich hatte Mona angenommen, dass Anneke Joost sich besser im Griff hätte.

»Ich habe von einem niederländischen Kollegen einen Hinweis erhalten«, erklärte die Kommissarin. »Wir haben einen Diamanten sichergestellt, der sich im Besitz des Mordopfers Lübbo Hamstra befand. Dieser Name wird Ihnen etwas sagen, Frau Joost. Sie haben in trauter Zweisamkeit mit ihm vor einem Lokal in der Bismarckstraße gesessen – und zwar wenige Stunden, bevor er erstochen wurde. Was hatten Sie mit Lübbo Hamstra zu tun?«

»Haben Sie wirklich nur einen einzelnen Edelstein gefunden?«, wollte die Holländerin wissen.

»Eigentlich stellen wir hier die Fragen, ich will aber trotzdem antworten«, entgegnete Mona. »Ich habe von meinem Amsterdamer Kontakt erfahren, dass dieser Diamant zu einem sehr wertvollen Ensemble gehört, das Java Diadem genannt wird. Es wurde vor zweihundert Jahren in einer damaligen niederländischen Kolonie angefertigt und besteht insgesamt aus fünfzig Diamanten. Man hat diesen Stein herausgebrochen. Wahrscheinlich, weil die Diebe beweisen wollten, dass sie das gesamte Schmuckstück in ihrem Besitz haben.«

»Diese Barbaren!«, fauchte Anneke Joost. »Ich konnte es kaum glauben, als ich den einzelnen Edelstein zu sehen bekam. Lübbo wollte kein Risiko eingehen, deshalb gab er mir sozusagen nur eine Kostprobe. Das Java Diadem wurde der Familie Huisman gestohlen. Ich sollte dieses Schmuckstück zurückholen, und zwar mit allen Mitteln.«

»Also hatten Sie deshalb eine Pistole bei sich?«

Die Holländerin beantwortete Monas Frage mit einem Schulterzucken.

»Ich wusste, dass ich es mit gefährlichen Verbrechern zu tun bekommen würde.«

»Und welche Rolle spielte Lübbo Hamstra?«

»Er war ein Hehler, der gestohlene niederländische Diamanten im großen Stil ins Ausland verschob. Ich hoffte, durch ihn das Java Diadem in meine Hände bekommen zu können. Dass er getötet wurde, passt mir überhaupt nicht. Ich muss jetzt nach einer neuen Verbindung zu den Edelsteindieben suchen.«

»Ich glaube Ihnen nicht«, stellte Mona klar. »Wir wissen, dass Sie auch in Kontakt zu Lübbos Bruder Eyk stehen.«

»Na und?« Anneke Joost lachte gekünstelt. »Ich wette, dass Eyk keinen Schimmer von Lübbos Geschäften hat. Er kann diese netten kleinen Möbel basteln, aber im Kopf ist er – wie sagt man auf Deutsch? – ziemlich hohl. Ich habe ihn benutzt, um unauffällig an Lübbo heranzukommen.«

»Und um ein Versteck zu finden, nachdem Sie aus dem Hotel verschwunden waren«, fügte Mona trocken hinzu.

»Das hat doch funktioniert«, meinte Anneke Joost.

Die Kommissarin machte eine wegwerfende Handbewegung.

»Nicht für sehr lange Zeit, aber lassen wir das. – Hat Lübbo Ihnen den Diamanten gezeigt?«

Die Holländerin nickte.

»Und wann?«

»Das war einen Tag, bevor er … getötet wurde.«

Die Ermittlerin überlegte. Diese Angabe konnte stimmen. Lübbo war den Edelstein erst am Nachmittag vor seiner Ermordung bei Grietje losgeworden. Trotzdem blieb Mona skeptisch.

»Warum haben Sie dem Hehler nicht einfach Ihre Pistole an den Kopf gehalten? Dann hätte er den Diamanten herausgerückt.«

Anneke Joost schnaubte verächtlich.

»Ja, und was wäre dadurch gewonnen gewesen? Sie verstehen nicht, Frau Sander: Das Java Diadem besitzt seine eigentliche Bedeutung nur als Gesamtkunstwerk. Der Edelstein allein hat höchstens seinen Materialwert.«

Und das sind immerhin zehntausend Euro, dachte die Kommissarin. *Wenigstens nennt sie mich nicht mehr Agentje Sander.*

Mona holte weiter aus: »Lübbo Hamstra war seit Jahren im Hehlergeschäft. Er schnappte während seiner Haftzeit in Lingen ein paar Informationen auf, wofür er prompt eine Klinge zwischen die Rippen bekam. Wir wissen noch nicht ganz genau, worin seine neue Verbindung zu den niederländischen Diamantenräubern bestand. Fest steht, dass er sich einen Namen als Hehler machte. Ihre ehemaligen Kollegen im Amsterdamer Polizeipräsidium hatten Lübbo auf dem Radar, konnten ihm aber niemals etwas nachweisen.«

»Das wusste ich alles schon«, behauptete die Holländerin.

Die Kommissarin ging nicht darauf ein.

»Sagt Ihnen der Name Aarie van Kolk etwas, Frau Joost?«, wollte Mona wissen.

»Nein.«

»Dieser Landsmann von Ihnen lebt unter dem falschen Namen Tede Kupper auf Borkum. Er spielt Gitarre in der Bluesband Ihres Freundes Eyk.«

Anneke Joost runzelte die Stirn.

»Eyk ist nicht mein Freund, und ich habe weder von Aarie noch von Tede jemals etwas gehört.«

Mona schaute der Verdächtigen direkt in die Augen, dann wandte sie sich an den Rechtsanwalt: »Zu den bisherigen Delikten kommt womöglich noch ein Mordvorwurf, den wir Ihrer Mandantin machen, Herr Dr. Tönje.«

Der Verteidiger war verblüfft, und auch Enno hatte nicht mit diesem Vorstoß seiner Kollegin gerechnet. Das bewies ein Seitenblick auf sein überraschtes Gesicht.

»Sind Sie verrückt geworden?«, zeterte die Holländerin. »Wen soll ich denn umgebracht haben?«

»Tede Kupper«, entgegnete Mona.

»Haben Sie für diese ungeheuerliche Anschuldigung auch Beweise, Frau Sander?«, fragte der Anwalt scharf.

»Noch nicht. Aber als Ihre Mandantin mit mir im Hotelzimmer allein war, kündigte sie sinngemäß an, sich persönlich um den Mörder von Lübbo Hamstra kümmern zu wollen. Daraus schlussfolgere ich, dass sie eine tödliche Rache plante. Normalerweise überlässt man die Verbrecherjagd nämlich der Polizei. Außer, wenn man Selbstjustiz üben möchte.«

Die Kommissarin wusste natürlich, dass Tede vermutlich noch lebte. Schließlich hatte er noch vor Kurzem Geld abgehoben. Es ging ihr darum, die Verdächtige aus der Reserve zu locken. Und das gelang ihr auch.

»Lübbo *wurde* verfolgt, aber nicht von Tede Kupper«, rief die Verdächtige gereizt.

»Sie kennen diesen Mann also doch«, stellte Mona fest.

»Ja, verflixt noch mal! Er ist ein Dieb, Lübbo war ein Hehler. Die beiden gehörten zu derselben Organisation. Diese Leute haben sich das Java Diadem gekrallt. Warum hätte ich Tede umbringen sollen? Dann würde ich ja niemals erfahren, wo sich das Schmuckstück befindet.«

»Also hält Tede das Java Diadem in Verwahrung?«, fragte die Kommissarin.

»Woher soll ich das wissen? Lübbo wollte mit mir ein Geschäft machen. Er war bereit, mir gegen Zahlung von dreißigtausend Euro die Kostbarkeit zu überlassen. Der Alte ließ durchblicken, dass er dadurch seine eigenen Kumpane hintergehen würde.«

Wenn das kein erstklassiges Mordmotiv ist, dachte Mona. Sie sagte: »Wann sollte die Übergabe stattfinden?«

»Gestern Nachmittag. Aber als Sie zu mir ins Hotelzimmer kamen und ich von Ihnen erfuhr, dass Lübbo tot ist, hatte sich die Abmachung natürlich erledigt.«

Die Ermittlerin schüttelte den Kopf.

»Wenn wir Ihnen glauben sollen, dann brauchen wir Namen. Wer hatte es auf Lübbo abgesehen?«

»Aus meiner Zeit bei der Polizei habe ich in Amsterdam immer noch Unterweltkontakte«, gab Anneke Joost mürrisch zu. »Es gibt eine konkurrierende Organisation, die sich ebenfalls auf Juwelenraub spezialisiert hat. Sie nennen sich *Apeldoorn Jongens.*

Diesen Leuten sind Lübbo, Tede und Konsorten schon lange ein Dorn im Auge.«

Mona musste wieder an den Spruch von den Trittbrettfahrern denken. Ob der JVA-Insasse Pieter van Geldern zu den Apeldoorn Jongens gehörte? Das würde sich herausfinden lassen.

Die Kommissarin beugte sich vor.

»Wir brauchen Namen, Frau Joost! Wie heißen Lübbo Hamstras Verfolger? Haben Sie einen oder mehrere dieser Personen auf Borkum gesehen?«

»Bisher noch nicht«, behauptete die Holländerin. »Nachdem ich den Ärger mit Ihnen hatte, wollte ich in Eyks Probenraum von der Bildfläche verschwinden. Ich konnte mir ja denken, dass die Polizei früher oder später nach mir suchen würde. Daher war es nicht möglich, mich ungestört auf der Insel umzuschauen.«

»Mit wem haben Sie telefoniert, als wir Sie verhafteten?«, fragte Mona.

Anneke Joost beantwortete die Frage nicht.

»Ich werde es Ihnen verraten«, fuhr die Ermittlerin fort. »Sie sprachen mit Tede Kupper. Ich weiß nämlich inzwischen, dass er auf seinen echten Namen Aarie van Kolk einen Mobilfunkvertrag in den Niederlanden hat. Worum ging es bei dem Gespräch?«

Der Anwalt ermutigte seine Mandantin, diesmal auszusagen.

»Die Nachricht vom Mord an Lübbo Hamstra hat meine Pläne über den Haufen geworfen«, räumte die Holländerin ein. »Durch Eyk hatte ich den Kontakt zu Tede. Ich wollte von ihm wissen, ob er mir das Java Diadem beschaffen könnte.«

»Also wusste Eyk über die Machenschaften seines Bruders Bescheid oder war daran beteiligt?«, hakte Mona nach.

»Eyk hatte keine Ahnung von der Diamanten-Hehlerei.«

»Das können Sie Ihrer Großmutter erzählen«, fauchte die Kommissarin.

Kapitel 14

Anneke Joost bat um eine Unterbrechung des Verhörs. Das war Mona nur recht, denn sie brauchte jetzt dringend einen Tee und ein Mandelhörnchen. Während der Verdächtigen und ihrem Rechtsbeistand eine Erfrischung in den Verhörraum gebracht wurde, zogen sich die Ermittler in die Teeküche zurück.

»Ich wäre fast vom Stuhl gefallen, als du die Frau des Mordes an Tede Kupper bezichtigen wolltest«, gestand Enno, während er Wasser aufsetzte.

Mona zuckte mit den Schultern.

»Zugegeben, das war aus der Luft gegriffen. Aber es hat funktioniert, oder? Danach hat Anneke die Wahrheit gesagt, zumindest teilweise.«

»Also sind die Apeldoorn Jongens keine freie Erfindung dieser Verdächtigen?«

»Nein, Enno. Außerdem könnte uns der Amsterdamer Kollege garantiert mehr über diese Gruppierung erzählen.«

»Dein neuer Freund Johan«, schmunzelte der Oberkommissar und goss den Tee auf. Mona biss ins Mandelhörnchen und fuhr kauend fort: »Er ist nicht mein Freund, und außerdem halte ich die Spur mit den rivalisierenden Diamantenräubern für eine Sackgasse. In meinen Augen ist Tede der Hauptverdächtige. Er bekommt mit, dass Lübbo den Edelstein nicht mehr hat, und schlussfolgert, dass er den Diamanten Grietje zugesteckt haben muss. Vor allem, nachdem unsere Kollegin ihm nichtsahnend von dem Einsatz auf der Promenade berichtet. Also setzt Tede Grietje außer Gefecht und durchsucht ihre Wohnung – ohne Ergebnis. Er verabredet sich daraufhin gegen Mitternacht mit Lübbo auf der Promenade …«

Enno fiel Mona ins Wort, was sonst gar nicht seine Art war: »Und er bringt Lübbo aus Frust um, weil er den Edelstein nicht bei sich hat? Das überzeugt mich nicht.«

»Du hast recht, Lübbos Tod hätte ihn nicht in den Besitz des Diamanten gebracht. Aber ich habe von dem holländischen Kollegen noch etwas erfahren, das ein Motiv für Tedes Mord an Lübbo sein könnte.«

Enno seufzte.

»Du machst es heute wirklich spannend, Mona.«

Sie zwinkerte ihm zu.

»Wir teilen doch alles miteinander, also werde ich dich nicht länger im Unklaren lassen: Lübbo war möglicherweise Tedes Vater!«

Der gewichtige Ostfriese war nicht so leicht aus der Ruhe zu bringen. Doch diese Neuigkeit hatte er offensichtlich nicht erwartet. Enno verschlug es für einen Moment die Sprache.

»Das musst du mir genauer erklären«, bat er.

Mona nahm einen Schluck Tee, bevor sie mit ihrem Bericht begann.

»Ich hatte Johan gebeten, in den Niederlanden alle Informationen über Lübbo Hamstra auszugraben. Es gab dort eine Anzeige gegen ihn, weil er sich seinen Unterhaltsverpflichtungen für seinen Sohn entzogen haben soll. Die Mutter des Kindes war eine gewisse Lucy van Kolk.«

»Du bist also über diesen Namen gestolpert!«

»Genau, Enno. Es stellte sich schnell heraus, dass Aarie – also Tede – der Sohn dieser Frau ist. Lübbo hat stets bestritten, der Erzeuger dieses Jungen zu sein. Und da die DNA-Verfahren damals noch nicht so ausgefeilt waren, konnte man ihm nie etwas beweisen. Wie auch immer, er hat weder für Aarie gezahlt noch sich jemals um ihn gekümmert.«

»Diese Haltung könnte so manchen jungen Mann wütend machen«, sagte der Oberkommissar. »Aber warum hätte Tede so lange mit seiner Rache warten sollen? Hat er womöglich erst vor Kurzem erfahren, dass Lübbo sein Vater war?«

»Darüber können wir nur spekulieren, und das bringt nichts.«

Bevor Mona noch mehr sagen konnte, betrat Britt Mölders die Teeküche.

»Ach, hier seid ihr! Wer hat die Verbindungsnachweise von Eyk Hamstras Handy angefordert? Die Telekommunikationsgesellschaft war diesmal besonders kooperativ, weil wir einen Mordversuch aufklären wollen.«

»Danke, Britt«, sagte die Kommissarin und nahm die DIN-A4-Ausdrucke an sich. Sie pfiff durch die Zähne.

»Du rätst nie, wer Eyk kurz vor der Gewalttat angerufen hat!«

»Tede«, vermutete der stämmige Ostfriese.

»So ist es. Ich frage mich, warum Anneke ihn in Schutz nimmt.«

Mona dachte weiter über diesen Punkt nach, während sie ihren Tee austrank. Dann waren Dr. Tönje und seine Mandantin zu einer Fortsetzung des Verhörs bereit. Die Kommissarin schaltete sofort in den Angriffsmodus.

»Wenn Sie Ihre Lage verbessern wollen, sollten Sie uns keine Märchen auftischen, Frau Joost! Wir gehen jetzt davon aus, dass Tede Kupper Eyk Hamstra totschlagen wollte. Und kurz zuvor hat er ihn angerufen. Daraufhin schickte der Tischler seine Mitarbeiter nach Hause, um unter vier Augen mit Tede reden zu können. Worum könnte es dabei gegangen sein?«

Die Holländerin war von Monas Worten sichtlich irritiert. Sie hatte nicht gewusst, dass es eine Attacke auf Eyk gegeben hatte. Woher auch? Als er angegriffen worden war, hatte sie in der Arrestzelle gesessen.

»Ist … Eyk ermordet worden?«

»Nein, obwohl wir von einer Tötungsabsicht ausgehen. Wollen Sie immer noch behaupten, dass Eyk nicht in die krummen Diamantengeschäfte verwickelt war?«

Anneke Joost senkte den Kopf.

»Es stimmt, er steckte mit seinem Bruder unter einer Decke.«

»Warum wollten Sie uns glauben machen, dass er eine weiße Weste hat?«, fragte die Kommissarin verständnislos. Ihr Gegenüber verzog den Mund.

»Ich hatte gehofft, dass ich beim Haftprüfungstermin auf freien Fuß gesetzt werde. Dann hätte ich mich sofort mit Eyk in Verbindung gesetzt und ihm ein Angebot gemacht, damit er das Java Diadem herausrückt.«

»Und aus welchem Grund könnte Tede Eyk angerufen haben?«

»Ich weiß es nicht, Frau Sander. Im Zweifelsfall wird es um den herausgebrochenen Diamanten aus dem Java Diadem gegangen sein.«

»Also hat der Tischler das Schmuckstück?«, vergewisserte Mona sich.

»Das hoffe ich zumindest. Ich will meine Auftraggeber nicht enttäuschen und ihnen ihr Eigentum zurückbringen.«

Die Ermittlerin konnte innerlich nur den Kopf schütteln. Hatte diese Frau sich wirklich eingebildet, ohne Untersuchungshaft davonzukommen? Allerdings musste Mona zugeben, dass manche Richter selbst Straftäter mit härteren Delikten bis zum Prozessbeginn laufen ließen. Es war also von der Holländerin nicht völlig unrealistisch gewesen, darauf zu spekulieren.

Für die Ermittlerin war es zweitrangig, in wessen Besitz sich das Diadem befand. Ihr ging es darum, den Mord an Lübbo und den versuchten Mord an seinem jüngeren Bruder aufzuklären. Doch allmählich wurde ihr klar, dass der Diamantenraub der Schlüssel zu diesen Verbrechen war. Sie wandte sich wieder an die selbst ernannte Privatdetektivin.

»Sie kennen Lübbo und Eyk und Tede«, stellte die Kommissarin fest. »Können Sie mir noch weitere Mitglieder dieser Diamantenräuberbande mitteilen?«

»Meinetwegen, warum soll ich sie noch schützen«, murmelte die Frau. Sie nannte einige Namen, die Mona alle nichts sagten – bis auf einen.

Fiete Piel, der Pianist der Borkum Gents.

Kapitel 15

Nach dem Verhör wurde die Holländerin mit der nächsten Fähre aufs Festland gebracht, um dort baldmöglichst dem Haftrichter vorgeführt zu werden. Mona rief im Stadtkrankenhaus an und erfuhr, dass Eyks Zustand unverändert war. Währenddessen telefonierte auch Enno herum. Die Kommissarin schaute ihn fragend an, als er das letzte Gespräch beendet hatte.

»Ich habe mit dem Hafenmeister sowie ein paar Seglern gesprochen, die einen festen Liegeplatz im Yachthafen haben. Sie alle kennen Piel natürlich. Und sie sagen, dass sein Geschäft manchmal tageweise geschlossen ist.«

Die Ermittlerin nickte.

»Ja, als Segelmacher ist er sein eigener Herr und ist niemandem Rechenschaft schuldig. Wenn er also mal eine Auszeit braucht, um sich an einem neuen Raubüberfall in Amsterdam zu beteiligen, dürfte das für ihn kein Problem sein.«

»Womöglich wurde Lübbo gar nicht von Tede, sondern von Fiete getötet«, vermutete Enno. »Falls wirklich ein Verrat im Raum stand, gab es zumindest ein überzeugendes Motiv.«

Mona stand auf.

»Ja, und wenn Fiete Piel zu der Gruppe gehört, kennt er womöglich Tedes Versteck. Oder der Gesuchte hat sich direkt bei ihm in der Werkstatt verkrochen. – Fahren wir gleich zum Hafen runter?«

»Selbstverständlich«, brummte der stämmige Ostfriese. »Übrigens besitzt Fiete ein Auto.«

Mona runzelte die Stirn.

»Schön für ihn, aber ich verstehe den Zusammenhang nicht.«

»Wir hatten noch nicht geklärt, auf welchem Weg Lübbo vor ein paar Tagen von Amsterdam nach Eemshaven gelangt ist«, erklärte Enno. »Wenn Fiete zu der Zeit ebenfalls auf dem Festland war, kann er ihn in seinem Wagen mitgenommen haben.«

Die Kommissarin nickte. Sie erinnerte sich daran, dass Fiete Piel bei ihrer letzten Begegnung verängstigt gewirkt hatte. Oder hatte sie sich getäuscht? Wenn dieser Mann sich wirklich an bewaffneten Raubüberfällen beteiligt hatte, mussten sie und Enno auf alles gefasst sein.

»Wie wollen wir vorgehen?«

Mona staunte über sich selbst, weil sie diese Frage stellte. Normalerweise wusste sie immer selbst, was zu tun war. Doch die unangenehme Erfahrung mit Anneke Joost saß ihr immer noch in den Knochen. Sie hatte nicht vor, sich schon wieder von einem Kriminellen auf dem falschen Fuß erwischen zu lassen.

»Fiete kann nicht wissen, dass wir ihn durchschaut haben«, antwortete Enno. »Wir gehen rein und sprechen ihn direkt auf das Java Diadem und auf den Mordversuch an Eyk Hamstra an. Wir werden sehen, wie er reagiert. Ich kenne Fiete schon seit vielen Jahren, wenn auch nur flüchtig. Er ist ein stiller Typ. Ehrlich gesagt hätte ich mir nie vorstellen können, dass er sich in kriminelle Machenschaften verstricken lässt. Aber man kann den Menschen eben immer nur vor den Kopf schauen.«

»Das ist wohl wahr«, murmelte die Kommissarin. Sie schaute zu den Möwen hinüber, die einer auslaufenden Eemshaven-Fähre folgten. Und sie fragte sich, wie die gestohlenen Diamanten zu den neuen Besitzern gelangten. Borkum konnte nicht der Endpunkt ihrer Reise sein. Es gab nur eine sehr begrenzte Gruppe von Insulanerinnen, die teuren Schmuck trugen.

Und Mona selbst gehörte ganz gewiss nicht dazu.

»Wann treffen eigentlich die Kriminaltechniker aus Oldenburg ein, um Eyks Tischlerei zu durchsuchen?«, wollte Mona wissen.

»Die kommen heute Abend mit der letzten Fähre, warum?«

»Ich möchte dabei sein, wenn sie mit ihrer Arbeit beginnen. Mir ist da so eine Idee gekommen.«

Enno blinzelte ihr zu.

»Und die willst du mir noch nicht unter die Nase reiben, oder? Ich glaube, Geheimniskrämerei wird zu deinem neuen Hobby.«

Mona lachte.

»Es macht einfach zu viel Spaß, dein verblüfftes Gesicht zu sehen.«

Die kurze Flachserei hatte gutgetan. Doch bei Mona stieg die Anspannung, als sie an Ennos Seite die Werkstatt betrat. Es sah so aus, als ob Piel sich seit ihrem letzten Besuch nicht von der Stelle gerührt hätte. Allerdings trug er diesmal kein Buscherump, sondern ein T-Shirt mit dem Borkumer Inselmotto *Mediis tranquillus in Undis* – Ruhig inmitten der Wogen.

»Moin«, sagte Piel. Er zog das Wort in die Länge, sodass es fragend, zweifelnd und misstrauisch klang. Mona kam sofort zur Sache.

»Legen Sie bitte die Nadel zur Seite, Herr Piel.«

»Warum?«

»Weil ich es sage!«, rief sie. »Wollen Sie sich einer polizeilichen Anordnung widersetzen?«

»Sei vernünftig, Fiete«, brummte Enno, ohne den Segelmacher aus den Augen zu lassen. »Wenn du uns keine Scherereien machst, müssen wir auch nicht ungemütlich werden.«

»Ja, ist schon gut«, murmelte Piel und legte die Nadel auf den Arbeitstisch neben ihm. »Was wollt ihr denn schon wieder von mir? Ich habe doch alles gesagt, was ich wusste.«

Die Ermittlerin suchte den Blickkontakt mit ihm.

»Das bezweifeln wir. – Herr Piel, wir befragen Sie heute als Beschuldigten einer Straftat. Sie müssen sich nicht selbst belasten, und Sie können die Aussage verweigern.«

Der Segelmacher zuckte zusammen, in seinen Augen flackerte Panik auf. Seine Unterlippe begann zu zittern.

»Straftat? Davon weiß ich nichts!«

»Verkaufen Sie uns nicht für dumm!«, blaffte Mona. »Java Diadem – dieser Begriff sagt Ihnen doch etwas, nicht wahr?«

Piel riss die Augen noch weiter auf. Sein Adamsapfel bewegte sich schnell einmal auf und ab. Es war eindeutig, dass er sich nicht wohl in seiner Haut fühlte. Dieser Mann würde im Verhör schnell einknicken, daran hatte die Kriminalistin keinen Zweifel.

»Dein Bandboss wurde vorhin beinahe totgeschlagen, Fiete«, sagte Enno. »Weißt du etwas darüber?«

»Eyk?«

Piel stieß den Namen hervor. Es klang wie ein rauer Klagelaut.

»Ja, Eyk Hamstra«, bestätigte die Ermittlerin. »Sein Bruder ist bereits tot, ihn hätte es auch beinahe erwischt. Das reicht jetzt, finden Sie nicht? Wir werden der Gewalt ein Ende bereiten.«

»Glauben Sie etwa, ich hätte etwas damit zu tun?«, fragte Piel entsetzt.

»Wir wissen, dass Sie an den Raubüberfällen beteiligt waren«, entgegnete Mona. Genau genommen vermutete sie es nur. Doch seine Reaktion zeigte ihr, dass sie auf dem richtigen Dampfer war. Der Segelmacher schüttelte entsetzt den Kopf.

»Ja, ich bin dabei gewesen. Aber ich habe die Karre nur gefahren, ich hatte keine Pistole, und durch mich wurde niemand verletzt. Das müssen Sie mir glauben!«

Das ging ja schneller, als ich gehofft hatte!, dachte Mona. Sie sagte: »Wenn Sie aussagen, können Sie Ihre Lage nur verbessern.«

»Ich bin kein Zinker, der seine Freunde ans Messer liefert«, stammelte Piel undeutlich. Doch er klang nicht sehr überzeugend.

»Sie sind also nicht so wie Lübbo?«, fragte sie betont unschuldig nach. Dabei beobachtete sie ihr Gegenüber genau. Piel schien nicht zu wissen, wovon sie redete. Jedenfalls traute sie ihm nicht zu, dass er seine Mimik so meisterhaft verstellen konnte.

»Lübbo war ein Verräter?«, vergewisserte er sich.

Nun beugte Enno sich vor. Mit einem väterlichen Unterton redete er auf den Segelmacher ein.

»Fiete, wir kennen uns nun schon lange. Du bist doch eigentlich gar nicht der Typ für krumme Dinger. Jedenfalls habe ich dich nie so eingeschätzt. Willst du uns nicht einfach erzählen, wie es dazu kam?«

Der Segelmacher atmete tief durch, bevor er zu sprechen begann. Und er konnte weder dem Oberkommissar noch dessen Kollegin in die Augen sehen.

»Eigentlich bin ich froh, dass ihr mich erwischt habt. Bei jedem Coup bin ich innerlich tausend Tode gestorben. Wir konnten immer Beute machen, ohne dass es Ärger gab. Aber es war pures Glück, dass ich mir keine Polizeikugel eingefangen habe.«

»An wie vielen Raubüberfällen haben Sie teilgenommen?«, wollte Mona wissen.

»Es waren vier oder fünf Jobs. Ich versuche jedes Mal, nicht mehr daran zu denken und es nicht noch einmal zu tun. Doch wenn von Eyk ein neues Angebot kommt, konnte ich bisher niemals Nein sagen.«

»Also werden die Straftaten von Eyk Hamstra organisiert?«, fragte die Kommissarin.

»Zumindest teilweise. Lübbo war für den Weitertransport der Beute zuständig, damit hatten wir nichts mehr zu tun. Ich wurde immer bezahlt, wenn wir wieder sicher nach Borkum zurückgekehrt waren.«

»Fiel es niemandem auf, wenn ihr mit der ganzen Band nach Holland gereist seid, ohne dort aufzutreten?«, wunderte Enno sich. Piel schüttelte den Kopf.

»Das ist ein Missverständnis. Tede und ich sind außer Eyk selbst die einzigen Musiker, die solche … Coups machen. Die übrigen

Borkum Gents wissen nichts davon. Wir haben immer behauptet, dass wir nach Amsterdam fahren, um uns mit Frauen zu vergnügen. Davon wollten Joris und Merten nichts wissen, weil sie beide glücklich verheiratet sind.«

»Und in Wirklichkeit suchten Sie nicht den Rotlichtbezirk, sondern das Diamantenviertel auf«, meinte Mona. Offenbar war die Schwindelei bisher nicht aufgeflogen.

»Sie haben Angst«, sagte sie Piel auf den Kopf zu. »Vor wem? Vor Tede? Will er auch Ihnen ans Leder? Oder vor den Apeldoorn Jongens?«

Das linke Augenlid des Segelmachers zuckte.

»Sie wissen von diesen Holländern?«

»Das haben Sie doch gerade gehört, Herr Piel.«

»Es stimmt, die Apeldoorn Jongens haben uns öfter gedroht, aber sie machten niemals ernst. Genau wie wir sind sie keine Killer.«

Diese Worte klangen für Mona angesichts des Schicksals der Brüder Hamstra wie Hohn, aber sie ging nicht darauf ein. Wichtig war nur, dass dieser Mann ein Geständnis ablegte. Jetzt mussten die Ermittler sich nur noch vergewissern, dass er auch die Wahrheit sagte. Bevor die Kommissarin etwas anmerken konnte, fuhr Piel bereits fort: »Ich fürchte mich nicht vor diesen Amsterdamer Gangstern. Um mich selbst mache ich mir sowieso keine Sorgen. Aber es gibt da jemanden in meinem Leben, der mir sehr wichtig ist.«

»Wen denn, Fiete?«, ließ sich Enno nun vernehmen. »Du hast doch keine Ehefrau, soweit ich weiß. Und deine Eltern leben schon lange nicht mehr. Außerdem warst du Einzelkind, wenn ich mich richtig erinnere.«

Piel zögerte, aber dann zog er seine Brieftasche hervor und zeigte den Ermittlern ein Polaroid-Foto. Darauf war eine hübsche junge Asiatin zu sehen, die leicht bekleidet war und an einem Eisengitter lehnte. Im Hintergrund sah man eine Gracht und die typisch holländischen Giebelhäuser.

»Das ist Suna«, sagte der Segelmacher. Seine Stimme klang nun warm und liebevoll. »Ich habe sie in Amsterdam getroffen, sie muss sich dort für ein paar gewissenlose Schurken verkaufen. Aber wenn ich genug Geld beisammenhabe, kann ich sie auslösen.«

Mona konnte sich vorstellen, auf welche Art und Weise Piel diese Frau kennengelernt hatte. Er war ganz offensichtlich in eine

Prostituierte verliebt. Wahrscheinlich spielten die Zuhälter ihm eine Schmierenkomödie vor. Sie würden die Frau niemals ihrer Wege ziehen lassen. Und die Kommissarin hielt ihn für naiv genug, einem solchen Versprechen zu glauben. Auf ihre Menschenkenntnis konnte sie sich meist verlassen.

Womöglich hatte Piel nur wenig Erfahrung mit Frauen. Und es war gewiss nicht völlig uneigennützig von ihm, Suna aus ihrer Lage befreien zu wollen. Jedenfalls hatte er soeben einen einleuchtenden Grund für seine Zweitkarriere als Krimineller geliefert.

»Erzählen Sie weiter«, ermunterte Mona ihn.

»Zuerst gab ich den Kerlen meine ganzen Ersparnisse, aber das waren nur sechstausend Euro. Sie wollten zwanzigtausend, um mir Suna überlassen zu können. Woher hätte ich das Geld nehmen sollen? So viel wirft mein Geschäft nicht ab. Ich war verzweifelt, und das muss Eyk bemerkt haben. Er nahm mich eines Tages nach den Proben beiseite. Da gestand ich ihm, was bei mir los war. Eyk schien einen Moment lang zu überlegen. Dann bot er mir an, bei einem Coup mitzumachen.«

Enno schüttelte den Kopf. Aus seiner Stimme sprach Verständnislosigkeit: »Zwangsprostitution ist auch in den Niederlanden strafbar, Fiete. Du hättest einfach zur Polizei gehen sollen.«

»Davor haben die Luden mich gewarnt.«

Das kann ich mir vorstellen, dachte Mona. Sie wollte höchstpersönlich dafür sorgen, dass die Frau befreit wurde. Doch jetzt mussten die Ermittler sich zunächst um ihren eigenen Fall kümmern.

»Sie haben also in Amsterdam Überfälle begangen und sind mit der Beute nach Borkum zurückgekehrt«, fasste die Kommissarin zusammen. »Wie wurden die Edelsteine dann weitertransportiert?«

»Damit hatte ich nichts zu tun, dafür war Lübbo zuständig.«

Mona hinterfragte diese Behauptung zunächst nicht.

»Wie ist Ihr Verhältnis zu Tede?«, wollte sie wissen.

Piel hob die Schultern.

»Wir spielen in einer Band, außerdem sind wir beide an diesen Coups beteiligt. Ich weiß nicht viel über ihn.«

»Nun bleib mal bei der Wahrheit, Fiete!«, mahnte Enno.

»Also gut, ich kann ihn nicht ausstehen!«, platzte der Segelmacher heraus.

Die Ermittler warfen ihm fragende Blicke zu. Daraufhin fuhr er fort: »Tede ist nur auf seinen Vorteil aus. Ihm habe ich es zu verdanken, dass ich einen kleineren Teil der Beute kriege als die anderen. Und zwar deshalb, weil ich bei unseren Diamanten-Jobs nur das Auto fahre. Er sagt, die anderen würden ein höheres Risiko eingehen. Dabei wäre ich auch dran, wenn die Polizei uns erwischen würde. Außerdem behandelt er mich wie einen Sklaven. Er geht bei mir ein und aus, wie es ihm passt.«

Mona wurde hellhörig.

»Was soll das heißen?«

»Tede wohnt zeitweise bei mir. Ich dachte, das hättet ihr auch schon herausgefunden.«

Er deutete mit dem Daumen hinter sich.

»Hier kann man hausen?«

Monas Stimme war der Zweifel anzuhören.

»Offiziell nicht, das hier ist ein Gewerbegrundstück. Aber wenn jemand in der kleinen Kammer ein paar Nächte verbringt, kriegt das niemand mit. Abends und am Wochenende ist in dieser Straße absolut nichts los.«

»Zeig uns den Unterschlupf«, forderte Enno.

Piel erhob sich von dem Schemel, auf dem er bisher gesessen hatte. Er ging voraus, vorbei an Lagerbeständen mit Segel-Leinwand. Es gab einen schmalen Gang, von dem drei Türen abzweigten. Die linke war mit einem WC-Symbol versehen.

»Rechts geht es zu Tedes Bude, geradeaus ist der Hinterausgang«, erklärte Piel. »Tede hat einen Schlüssel für den Hinterausgang. Ich kriege oft gar nicht mit, ob er da ist.«

Also könnte er jetzt auch anwesend sein, dachte Mona. Sie zog ihre Pistole und öffnete die Tür.

Doch der Mordverdächtige hatte sein Versteck verlassen.

Kapitel 16

Wozu hatte Tede einen »Zweitwohnsitz« benötigt? Dafür konnte Mona sich nur einen plausiblen Grund vorstellen. In Piels Kabuff konnte er in Ruhe seinen kriminellen Aktivitäten nachgehen. In der Norderstraße musste Tede hingegen immer fürchten, dass sein kiffender Vermieter zu einem unfreiwilligen Zeugen wurde. Je weniger Donker von Tedes Machenschaften wusste, desto besser für den Verbrecher. Es reichte, wenn der Alte ihm gelegentlich ein falsches Alibi gab.

Die Kriminalisten betraten den kleinen Raum hinter der Segelmacherei und schauten sich um. Viel gab es nicht zu sehen. Ein elektrischer Heizkörper sorgte für Wärme in der kalten Jahreszeit, denn eine eingebaute Heizung gab es nicht. Licht und Luft kamen nur durch eine schmale vergitterte Klappe herein. Die Einrichtung bestand aus einer Matratze mit Bettzeug auf dem Boden sowie einigen Apfelsinenkisten. Mona bemerkte eine Truhe aus Flechtwerk und öffnete sie. Das Behältnis diente offenbar als Kleiderschrank. Für Unterhaltung sorgte ein kleiner Uralt-Fernseher, der in einer Ecke stand. Und natürlich gab es auch die Gitarre des kriminellen Blues-Musikers, nebst einem Gitarrenkoffer.

»Wenn Tede zu einer Haftstrafe verurteilt wird, muss er seinen Wohnstil nicht großartig umstellen«, bemerkte Enno trocken.

Piel zuckte mit den Schultern.

»Ich habe mich nicht darum gerissen, diesen Typen bei mir aufzunehmen. Eyk verlangte es von mir, weil er von diesem Kabuff wusste. Er sagte, dass ich von Tede nicht viel hören und sehen würde. Na ja, damit hatte er zumindest recht. Tede war oft abwesend.«

»Und was hat er dann getan?«

»Das müssen Sie ihn schon selbst fragen, Frau Sander. Wie gesagt, wir sind keine Freunde.«

Mona hatte ein Handy-Ladekabel entdeckt.

»Wissen Sie, ob Tede mehr als ein Telefon besitzt?«, forschte sie weiter.

»Nicht, dass ich wüsste.«

»Aber dass Tede Kupper ein falscher Name ist und Ihr Bandkollege aus den Niederlanden stammt, war Ihnen bekannt?«

»Nein, davon hatte ich keine Ahnung«, behauptete Piel. »Na ja, sein Plattdeutsch klang ein wenig seltsam. Und wenn wir in Amsterdam waren, kam er gut mit der Sprache klar. Ich hatte mir nichts dabei gedacht, dass er Holländisch kann. Jetzt kenne ich auch den Grund.«

»Mit deiner Beteiligung an den Raubüberfällen hast du gewaltigen Mist gebaut«, sagte Enno eindringlich. »Wir müssen Tede unbedingt verhaften. Wo könnte er sich momentan aufhalten? Wenn du uns hilfst, dann wird sich das positiv für dich auswirken.«

Der Segelmacher presste die Lippen aufeinander und starrte gegen die Wand. Ob er jetzt intensiv nachdachte?

»Ich habe kürzlich ein paar Worte aufgeschnappt, als er telefonierte. Er sprach Niederländisch, das verstehe ich nicht. Aber ich bin sicher, dass er mehrfach *Mam* gesagt hat.«

Monas Pulsschlag beschleunigte sich. Ob Tede mit seiner Mutter telefoniert hatte? Wenn ja, dann würde sich das herausfinden lassen. Die Ermittler kannten ja jetzt ihren Namen. Es wäre gewiss möglich, Lucy van Kolk durch holländische Kollegen vernehmen zu lassen.

»Wann fand dieses Gespräch statt?«, wollte Mona wissen.

»Vor ungefähr einer Woche, den genauen Tag weiß ich nicht mehr.«

Ob Tede erst dann erfahren hatte, dass Lübbo sein Vater war? Falls das zutraf, hatte er womöglich einen tödlichen Hass auf den Mann entwickelt, der ihm sein ganzes Leben lang die kalte Schulter gezeigt hatte. Und Lübbo? Wusste er überhaupt, dass sein eigener Sohn auf der Bank neben ihm saß? Bisher waren die Männer ja nur durch die gemeinsamen krummen Geschäfte miteinander verbunden gewesen.

Enno wechselte das Thema, indem er Richtung Werkstatt deutete.

»Merkst du eigentlich, ob dir eine Ahle fehlt, Fiete?«

Der Segelmacher schüttelte den Kopf.

»Nein, ehrlich gesagt nicht. Ich habe ziemlich viele von den Dingern.«

Monas Verdacht gegen Tede wurde immer stärker. Natürlich hätte sich auch jeder andere so eine Art von Tatwaffe beschaffen können. Doch der Diamantenräuber hätte sich einfach nur in der Segelmacherei seines Komplizen zu bedienen brauchen.

Enno legte seine große, schwere Hand auf Piels Schulter.

»Du weißt, dass wir dich jetzt mitnehmen müssen?«

Der Verhaftete nickte. Mona schaute sich noch einmal in dem Raum um.

»Eigentlich müssten wir die Bude versiegeln. Doch wenn Tede noch auf freiem Fuß ist und sich womöglich auf Borkum herumtreibt, kehrt er vielleicht hierher zurück. Dann wäre er vorgewarnt, wenn er ein Polizeisiegel bemerkt.«

»Der Chef soll entscheiden«, meinte ihr Kollege.

»Wir benötigen von Ihnen noch Details zu den Raubüberfällen«, sagte Mona zu Piel, als sie wenig später ins Auto stiegen. »Und mich würde interessieren, warum Tede offiziell in der Norderstraße wohnt.«

Der Segelmacher hob die Schultern.

»Eyk meinte, es wäre besser, wenn Tede offiziell irgendwo gemeldet wäre. Wie gesagt, das hier ist ja eine Gewerbeimmobilie, hier darf man gar nicht hausen. Ich bin zwar noch niemals kontrolliert worden, aber man weiß ja nie. Nur nicht auffallen, das ist Eyks Motto.«

Auf der Dienststelle wurde Piel zunächst erkennungsdienstlich behandelt, dann gestand er seine Beteiligung an den Straftaten. Auf einen Rechtsbeistand verzichtete er. Es kam Mona so vor, als ob er sich die Verfehlungen möglichst schnell von der Seele reden wollte. Sie ließ sich seine Angaben in den Computer diktieren. Nachdem die Seiten ausgedruckt worden waren, unterschrieb Piel das Geständnis.

»Bitte helfen Sie Suna«, sagte er zum Schluss. »Sie muss sich am Molensteeg im Amsterdamer Rotlichtbezirk verkaufen.«

»Ich kümmere mich darum«, versicherte die Kommissarin. Während Enno den Segelmacher in die Arrestzelle brachte, griff sie zum Telefon und rief Inspecteur de Wit an.

»Ich habe etwas für dich, Johan«, sagte Mona, nachdem sich der holländische Kollege gemeldet hatte. »Und zwar das Geständnis eines Tatbeteiligten an vier Raubüberfällen auf Diamantenhändler in Amsterdam. Ich lasse dir gleich eine Kopie zukommen.«

»Das ist fantastisch, Mona!«

Die Kommissarin berichtete außerdem, was sie durch Piel über die Zwangslage der jungen Asiatin erfahren hatte. Johan de Wit versicherte, seine Kollegen vor Ort direkt darauf anzusetzen.

»Es gibt noch eine andere Sache, nach der ich dich fragen wollte«, begann die Kriminalistin. »Lübbo Hamstra hat als Hehler die erbeuteten Edelsteine ins Ausland verschoben, Einzelheiten habe ich allerdings noch nicht. Ich glaube aber, dass er aus dem Geschäft aussteigen wollte. Womöglich stand eine Polizeiaktion gegen diese Raubüberfälle bevor. Weißt du etwas darüber?«

»Also, eine Razzia ist nicht geplant. Es gibt aber ein neues Sicherungssystem der Diamantenhändler. Dadurch wird es den Räubern und Dieben ab sofort enorm erschwert, solche Taten zu begehen. Frage mich bitte nicht nach Details, das ist so eine Hightech-Lösung. Womöglich hat Lübbo davon Wind bekommen und beschlossen, dass sich das Risiko für ihn nicht mehr lohnt.«

»Das wäre eine Möglichkeit«, erwiderte Mona. »Kennst du eigentlich Anneke Joost?«

Sie erzählte Johan von der Verhaftung seiner ehemaligen Kollegin.

»Es ist immer bitter, wenn einer von uns die Seite wechselt«, seufzte der holländische Ermittler. »Ich habe von Anneke gehört, hatte aber selbst niemals dienstlich mit ihr zu tun. So, dann befindet sich also das Java Diadem auf Borkum? Ich wundere mich nicht darüber, dass die Eigentümer Anneke Joost angeheuert haben. Die Familie Huisman hat ja schon per Zeitungsinterview verlauten lassen, dass sie die Polizei für unfähig hält.«

»Und dann betrauen sie eine korrupte Ex-Beamtin mit der Suche? Das muss man nicht verstehen. – Du hast mir wieder sehr geholfen, Johan.«

»Du aber auch, Mona. Ich hoffe, dass wir uns mal persönlich kennenlernen.«

Mit diesen Worten beendete der Inspecteur das Telefonat.

Inzwischen war Enno zurückgekehrt und hatte auf seinem Bürostuhl Platz genommen.

»Die Ortung von Tedes Smartphone steht«, sagte er. »Leider hat er das Gerät ausgeschaltet. Aber sobald er es wieder in Betrieb setzt, erfahren wir seinen Standort.«

Die Kommissarin schüttelte den Kopf.

»Ich halte den mutmaßlichen Mörder für zu clever, um sein Handy zu benutzen. Er kann sich denken, dass wir nach ihm fahnden. Ob er sich noch auf Borkum befindet? Und wenn ja, warum ist er überhaupt zurückgekehrt? Wegen dem Java Diadem?«

Enno nickte.

»Davon würde ich ausgehen. Ich habe übrigens Oltbeck gefragt, ob Tedes Unterschlupf versiegelt werden soll. Er will, dass wir den Raum offiziell verschließen. Wenn nachher die Kriminaltechniker kommen, sollen sie ihn auch gleich untersuchen.«

»Von mir aus«, meinte Mona. »Ich wette, dass Tede noch andere Verstecke hat. Er lebt seit Jahren auf Borkum und wird sich hier gut auskennen.«

»Lass uns zum Yachthafen fahren. Vielleicht wurde er dort gesehen.«

Das war eine gute Idee, wie die Kommissarin fand. Da die Fähren und der Flugplatz immer noch überwacht wurden, konnte er auf diesem Weg zurückgekehrt sein. Die Ermittler meldeten sich ab und stiegen in ihren Opel Vectra. Der Wind hatte aufgefrischt, die Touristen auf ihren Leihfahrrädern kämpften gegen heftige Böen an. Aber der Himmel war immer noch blau und wolkenlos.

»Worüber denkst du nach?«, wollte der Oberkommissar wissen, während sie die Reedestraße hinunter zum Hafen fuhren.

»Ich frage mich, warum Tede sich ausgerechnet mit Grietje eingelassen hat.«

Enno grinste.

»Weil sie hübsch ist?«

»Männer! Klar, sie sieht gut aus, und langweilig ist es mit ihr gewiss nie. Davon kann ich seit ihrer kurzen Zeit als meine Mitbewohnerin ein Lied singen. Aber kommt es dir nicht seltsam vor, dass ein ausgekochter Krimineller wie Tede sich ausgerechnet mit einer Polizistin verbandelt?«

»Das ist gar nicht merkwürdig«, meinte der stämmige Ostfriese. »Wir sind uns wohl einig darüber, dass man diese Diamanten-Raubzüge und die anschließende Hehlerei als organisiertes Verbrechen bezeichnen kann. Gerade solche Kriminellen haben ein großes Interesse daran, der Polizei immer einen Schritt voraus zu sein. Und wie schaffen sie das? Indem sie sich eine Informationsquelle in unseren Reihen aufbauen.«

»Grietje würde niemals Dienstgeheimnisse ausplaudern!«

»Ich bin ganz deiner Meinung, Mona. Du und ich wissen das. Doch wenn ein Fremder Grietje kennenlernt, hört er zunächst nur ihre lockeren Sprüche und bekommt ihre kesse Art zu spüren. So wird es Tede ergangen sein. Er hat geglaubt oder gehofft, dass sie es mit ihren Pflichten nicht so ernst nimmt.«

»Ja, so dürfte es gewesen sein. Schließlich hat Tede aber gemerkt, dass unsere Kollegin nicht für krumme Touren zu haben ist. Andernfalls hätte er sie nämlich nicht betäubt, sondern zu seiner Komplizin gemacht.«

Wenig später erreichten die Ermittler den Yachthafen. Enno parkte beim Yachthafen Café, dann begannen sie mit der Befragung möglicher Zeugen. Die Kommissare teilten sich auf, um Zeit zu sparen. Während der Ostfriese die Bootsbesitzer am westlichen Kai ansprach, ging seine Kollegin zum östlichen Anleger und der mittleren Pier hinüber. Die Segel- und Motoryachten bewegten sich selbst in dem geschützten Hafenbecken und trotz Vertäuung heftig hin und her. Soeben passierte ein schneeweißes Wasserfahrzeug den schmalen Eingang zum Yachthafen.

Mona trug ein Foto von Tede bei sich, das sie sich von der Borkum-Gents-Homepage heruntergeladen hatte.

»Moin! Haben Sie diesen Mann während der letzten Tage hier irgendwo gesehen?«

Mit diesem Spruch redete die Kommissarin jeden Segler an, dem sie begegnete. Sie zeigte das Bild und präsentierte ihren Dienstausweis. Die Bootseigner schüttelten die Köpfe. Jeder von ihnen schien wirklich helfen zu wollen. Doch die Ermittlerin erreichte zunächst nichts. Obwohl Geduld nicht zu ihren Charakterstärken gehörte, trabte sie unermüdlich von einem Boot zum nächsten. Immerhin hatte sie das große Glück, auf dieser wunderbaren Insel arbeiten zu dürfen. Und es gab wirklich Schlimmeres für eine Polizistin, als bei strahlendem Sonnenschein in einem Yachthafen nach Hinweisen Ausschau zu halten. Mona schmeckte das Salz auf ihren Lippen, und sie vernahm das beruhigend monotone Glucksen des Meerwassers links und rechts der Anlegestelle. Sie trat auf einen weißhaarigen Segler mit Prinz-Heinrich-Mütze zu, der gerade das Deck seiner Yacht schrubbte.

»Moin! Darf ich an Bord kommen?«

Der alte Mann nickte und machte eine auffordernde Handbewegung. Mona sprang auf das leicht schwankende Boot hinüber und zeigte ihren Dienstausweis.

»Ich bin Kommissarin Sander von der Polizei Borkum. Wir suchen nach dieser Person.«

Sie hielt dem Mann mit der Mütze das Foto hin. Er zog eine Brille aus seiner Weste und setzte sie auf. Dann musterte er das Foto sehr lange. Als die Kommissarin schon nachhaken wollte, nickte er heftig.

»Ja, diesen Kerl habe ich gestern gesehen. Die Polizei fahndet also nach ihm? Das wundert mich nicht. Ich habe schon geahnt, dass er nicht ganz astrein ist. In meinem Alter entwickelt man ein Gespür dafür, wie die Menschen wirklich sind.«

»Wann und wo haben Sie den Mann bemerkt?«, hakte Mona nach. Es musste sich nun zeigen, ob der Segler wirklich eine brauchbare Beobachtung gemacht hatte oder sich nur aufspielen wollte.

Der Zeuge legte den Kopf in den Nacken, kniff die Augen zusammen und blickte aufs offene Meer hinaus. Am Horizont zog gerade ein Küstenmotorschiff vorbei.

»Ich wache immer beim ersten Sonnenstrahl auf, in meinem Alter benötigt man nicht mehr so viel Schlaf. Gestern Morgen hörte ich, wie ein Boot in den Yachthafen einlief. Ich ging an Deck und schaute zu, wie es dort drüben anlegte.«

Er deutete auf das westliche Kaiufer, wo ebenfalls etliche Yachten vertäut waren.

»Welche ist es?«, wollte Mona wissen.

»Das Boot heißt *Cassandra Jones*, aber Sie werden es vergeblich suchen. Es ist inzwischen schon wieder ausgelaufen. Da ich wach war, machte ich mich jedenfalls zu meinem Morgenspaziergang auf. Ich gehe immer bis zur Jugendherberge hinüber, daneben befindet sich eine Bäckerei. Als ich jedenfalls an der Anlegestelle der *Cassandra Jones* vorbeikam, ging dieser junge Bursche gerade von Bord. Ich grüßte ihn, wie man es hier im Hafen so macht. Es schien ihm gar nicht recht zu sein, dass ich ihn bemerkte. Er wandte sich ab und trabte möglichst schnell davon. Im ersten Moment dachte ich, er wäre einfach so ein Stiesel, der die Zähne nicht auseinanderbekommt. Aber wenn die Polizei nach ihm sucht, scheint er ja etwas auf dem Kerbholz zu haben.«

Mona war noch nicht sicher, ob sie den Angaben wirklich trauen konnte.

»Und Sie können diese Person auf dem Foto zweifelsfrei identifizieren? Immerhin war es ja frühmorgens, da wird es noch recht dunkel gewesen sein. Ich bin selbst oft um diese Tageszeit unterwegs. Manchmal sieht man nicht die Hand vor Augen.«

Der Alte musterte die Kommissarin von Kopf bis Fuß.

»Stimmt, wenn Sie zum Beispiel am Strand entlangjoggen. Sie sehen sportlich aus, und aus welchem anderen Grund sollten Sie schon in aller Herrgottsfrühe munter sein? Hier am Hafen haben wir jedenfalls erstklassige Beleuchtung, die auch um diese Zeit schon eingeschaltet ist. Ich weiß, was ich beobachtet habe. Es war dieser Kerl von dem Foto, der an Land gegangen ist.«

»Hatte er etwas bei sich? In welche Richtung ist er verschwunden?«

»Er hatte einen Rucksack, und er lief zur Reedestraße hoch.«

Die Ermittlerin überlegte. Leider war die Yacht nicht mehr im Hafen. Es würde kein Problem sein, den Eigner der *Cassandra Jones* festzustellen. Dann konnte man ihn befragen, was er mit Tede zu schaffen hatte. Doch das war jetzt zweitrangig. Viel entscheidender fand Mona die Information, dass Lübbo Hamstras mutmaßlicher Mörder sich wieder auf Borkum befand.

Sie bedankte sich bei dem Zeugen und bat ihn, im Lauf des Tages auf der Polizeiwache seine Aussage schriftlich zu Protokoll zu geben. Dann ging sie wieder an Land und funkte Enno an.

»Es gibt Neuigkeiten, mein Lieber!«

»Das höre ich gern. Können wir eine Pause machen?«

»Sicher, wir treffen uns im *Hafencafé Burkana*.«

Mona ging zu dem beliebten Lokal hinüber, von dem aus man einen Panoramablick auf den Fährhafen und die Nordsee hatte. Als sie dort eintraf, saß ihr fülliger Kollege bereits auf der Terrasse. Die Kommissare bestellten sich Tee und selbst gebackenen Kuchen. Nachdem das Gewünschte serviert worden war, berichtete Mona von der Zeugenaussage.

»Wir hatten ja schon vermutet, dass Tede zurückgekehrt ist«, meinte Enno kauend. »Jetzt haben wir Gewissheit.«

»Ja, er wird sich das Java Diadem unter den Nagel reißen wollen. Wenn ich alles richtig verstanden habe, ist dieses Schmuckstück nur mitsamt dem großen Diamanten vollständig.«

Enno nickte.

»Ja, ein Edelstein, der sich inzwischen in der Asservatenkammer in Oldenburg befindet.«

»Das weiß Tede aber nicht!«, betonte Mona. »Er hat vermutet, dass Lübbo Grietje den Klunker untergejubelt hat. Andernfalls hätte er wohl kaum ihre Wohnung durchsucht. Dort hat er aber nichts gefunden. Also haut er zunächst aufs Festland ab …«

Der Oberkommissar führte den Gedanken weiter: »… wo er etwas Geld abhebt, wie wir wissen. Warum war er in den Niederlanden? Darüber können wir nur spekulieren. Vielleicht suchte er zunächst einen zahlungskräftigen Käufer für das Java Diadem. Womöglich hat er sogar die rechtmäßigen Eigentümer angesprochen. Wenn die

Familie Huisman schon eine so halbseidene Person wie Anneke Joost anheuert, werden sie auch mit einem Juwelendieb Geschäfte machen – vorausgesetzt, dass sie ihr Diadem dann auch wirklich zurückbekommen. Also macht Tede sich erneut auf den Weg nach Borkum, weil er sich die Beute greifen will. Übrigens muss dieses Geschmeide einen ungeheuren Wert haben, wenn die Huismans sich die Wiederbeschaffung schon dreißigtausend Euro kosten lassen wollten. Und die holländische Ex-Polizistin wird sich ihre Dienste auch etwas kosten gelassen haben.«

Die Kommissarin nahm einen Schluck Tee.

»Damit hätten wir ein mögliches Motiv für den Angriff auf Eyk. Er war in doppelter Hinsicht Tedes Boss: als Bandleader und als Anführer der Diamantenräuber. Also vermutete Tede das Java Diadem bei ihm. Vielleicht wollte Eyk es nicht herausrücken, also half Tede mit Gewalt nach.«

Der Oberkommissar hob seinen rechten Zeigefinger.

»Nehmen wir mal an, dass Tede sich die Beute geschnappt hat – wieso bleibt er dann noch auf Borkum? Entweder gibt es einen anderen Grund oder er hat den Schmuck gar nicht bei Eyk gefunden.«

Mona presste ihre Fäuste gegen die Schläfen.

»Verflixt, daran hatte ich nicht gedacht! Das kommt davon, wenn man zu viel spekuliert.«

»Das kann nicht nur an der Börse ins Auge gehen«, gab Enno grinsend zurück. »Wir sollten uns darauf konzentrieren, Tede aufzustöbern. Außerdem ist es möglich, dass Eyk aus der Bewusstlosigkeit aufwacht. Das Krankenhaus will uns verständigen, wenn es so weit ist.«

Die Kommissarin verzog den Mund.

»Glaubst du, dass er dann Farbe bekennt? Mir fällt keine Aussage von Eyk ein, mit der er sich nicht selbst belasten würde.«

»Wir müssen ihm klarmachen, dass wir ihn dank Fiete Piels Geständnis so oder so am Kanthaken haben. Er kann also seine Lage nur verbessern, indem er uns die Wahrheit sagt.«

Die Ermittlerin bewunderte wieder einmal den grenzenlosen Optimismus ihres Kollegen. Plötzlich klingelte ihr Smartphone. Sie nahm das Gespräch an, es dauerte nur kurz.

»Das war Oltbeck, Enno. Das Kriminaltechnik-Team aus Oldenburg ist eingetroffen.«

Kapitel 17

Die Kommissare fuhren zur Dienststelle zurück. Sie wollten gemeinsam mit den Spezialisten Eyk Hamstras Tischlerei sowie dessen Haus und Piels Kammer unter die Lupe nehmen. Doch zuvor erstatteten sie ihrem Chef einen Zwischenbericht. Die Möglichkeit, dass Tede Kupper nach Borkum zurückgekehrt war, verschlechterte Oltbecks Laune gewaltig.

»Dieser Täter ist brandgefährlich! Ich werde die Fahndungsmaßnahmen noch verstärken. Womöglich muss ich Verstärkung vom Festland anfordern. Mit unseren wenigen Einsatzkräften können wir diese Aufgabe nicht stemmen. Zum Glück ist immerhin Frau Smit wieder im Dienst.«

Zum Glück? Du hast sie doch höchstpersönlich suspendiert, sagte Mona in Gedanken zu dem Dienststellenleiter. Gleichzeitig wurde ihr klar, dass sie Oltbeck unrecht tat. Er hatte nach Lage der Dinge gar nicht anders handeln können.

»Ich gehe davon aus, dass dieses Java Diadem irgendwo auf unserer Insel versteckt ist«, mutmaßte Enno. »Womöglich befindet es sich doch in der Tischlerei, Eyk konnte es bloß nicht finden. Ich hoffe, dass die Kriminaltechniker mehr Erfolg haben werden.«

»Dann begleiten Sie die Kollegen dorthin«, ordnete der Chef an. »Und informieren Sie mich umgehend, wenn es neue Erkenntnisse gibt.«

Die Ermittler verließen die Polizeistation. Während Mona in dem Opel Vectra vorausfuhr, folgte Enno in dem Mercedes Sprinter mit den Kriminaltechnikern und ihrer Ausrüstung. Die Kommissarin öffnete die Werkhalle, in der eine gespenstische Ruhe herrschte. Ihr Blick glitt über die halb fertigen Möbelstücke. Es handelte sich um Tische, Lehnstühle und Truhen, die im Stil des neunzehnten Jahrhunderts angefertigt worden waren. Manche Objekte waren mit Intarsien verziert. Es gab auch große hölzerne Transportkisten, die bereits für den Versand nach Übersee vorbereitet worden waren.

Nun betraten auch Monas Kollege und die Spezialisten das Gebäude. Enno kam zu der Ermittlerin herüber, die vor einer großen Holzbox stand.

»Worüber sinnierst du?«, wollte er wissen.

Sie deutete auf den Frachtbrief, der in einer Plastikhülle an der Kiste befestigt war.

»Diese Möbel werden nach China exportiert.«

Enno hob die Schultern.

»Ja, warum auch nicht? Traditionelle europäische Kultur ist im Reich der Mitte groß in Mode. Dort werden ja ganze bayerische Dörfer originalgetreu nachgebaut. Warum sollen Asiaten sich nicht auch für ostfriesische Möbel interessieren?«

Mona antwortete nicht, sondern wandte sich an einen der Kriminaltechniker: »Könnten Sie bitte mal diese Kiste für mich öffnen?«

Der Mann griff zu einem Stemmeisen und hebelte die Transportbox auf.

»Ah, ich verstehe«, sagte der Oberkommissar. »Wir haben immer noch nicht die Frage beantwortet, wie Eyk und Lübbo die Beute der Diamantenraubzüge außer Landes geschafft haben.«

Mona holte einen Lehnstuhl aus dem Behältnis. Er war für die Verschiffung nach Übersee extra gut gesichert worden. Enno half ihr dabei, die Folien zu entfernen und die Transportbänder zu lösen.

»Dieses Sitzmöbel wäre gewiss auch ohne sein Innenleben eine Menge wert.«

Mit diesen Worten trat die Kommissarin zweimal kräftig gegen das vordere linke Stuhlbein. Es brach ab. Und als sie es hochhob und umdrehte, fielen sechs Diamanten heraus.

Enno pfiff durch die Zähne. Die Kriminaltechniker applaudierten spontan, woraufhin Mona vor Verlegenheit puterrot wurde.

»Schon gut, ich mache hier nur meinen Job, genau wie Sie auch!«, rief die Ermittlerin. »Wir müssen davon ausgehen, dass jedes einzelne Möbelstück für den Transport gestohlener Ware präpariert wurde.«

Der Oberkommissar zeigte lächelnd auf den Frachtbrief.

»Die chinesischen Kollegen werden sich gewiss brennend für den Empfänger dieser Sendungen interessieren.«

»Darum soll sich das Landeskriminalamt kümmern«, meinte Mona. »Mein Chinesisch ist nicht wirklich so gut, ich kenne eigentlich nur das Wort Sushi.«

»Das ist Japanisch.«

»Ein Grund mehr, unsere Ermittlungsergebnisse sofort weiterzuleiten. Aber wir sind ja eigentlich nicht hier, um der Polizei in Peking Arbeit zu verschaffen. Und auch nicht den Kollegen in

Amsterdam, obwohl die uns gewiss die rechtmäßigen Eigentümer dieser Juwelen nennen können.«

Die Kommissarin wandte sich nun den Spezialisten zu: »Wir suchen neben allen anderen Hinweisen oder Spuren schwerpunktmäßig nach diesem Geschmeide, das Java Diadem genannt wird.«

Sie zeigte den Kriminaltechnikern Fotos des Schmuckstücks, die sie bei Anneke Joost sichergestellt hatte. Während der folgenden Stunden wurde die Tischlerei intensiv durchsucht, wobei noch etliche weitere Edelsteine sichergestellt werden konnten.

Doch das Java Diadem war nicht dabei.

Mona versuchte, sich in Eyk Hamstras Lage zu versetzen. Hatte er überhaupt davon gewusst, dass sein Bruder einen Diamanten aus dem Geschmeide herausgebrochen hatte? Und welchen Beweis gab es dafür, dass sich das Schmuckstück in Eyks Besitz befand? Wenn es von Lübbo versteckt worden war, hatte der Ermordete das Geheimnis mit ins Grab genommen.

»Wie gut kanntest du Lübbo, Enno?«

Der Oberkommissar hob seine breiten Schultern.

»So, wie man sich eben kennt, wenn man auf derselben Insel weit draußen in der Nordsee aufwächst. Freunde waren wir nie, da gab es keine Gemeinsamkeiten. Lübbo hat es immer in die Ferne gezogen, während ich es vermieden habe, Borkum zu verlassen.«

»Für die Polizeischule musste es nun mal sein«, stellte Mona fest. »Ich will darauf hinaus, ob dir Orte einfallen, an denen Lübbo das Java Diadem hätte verstecken können.«

»Die Frage kann ich nicht so leicht beantworten. Lass uns noch einmal durchgehen, was wir über die Tatnacht und den Abend davor wissen. Lübbo trifft sich mit der hübschen Holländerin in der Bismarckstraße. Er präsentiert ihr den Diamanten, um zu beweisen, dass das gesamte Diadem in seinem Besitz ist. Sie verabreden sich für den nächsten Tag. Vermutlich, weil Anneke Joost erst um Erlaubnis bitten muss, Lübbo dreißigtausend Euro in den Rachen zu werfen. Dazu kommt es aber nicht mehr, weil Lübbo da schon tot ist. Und außerdem bist du ihr ja noch in die Quere gekommen.«

»Erinnere mich nicht daran!«, stöhnte Mona. »Lübbo muss jedenfalls gewusst oder geahnt haben, dass jemand hinter ihm her ist. Andernfalls hätte er nicht diese Show auf der Promenade abgezogen und den Edelstein bei Grietje abgeladen.«

»In seinem Elternhaus wird Lübbo das Geschmeide wohl nicht versteckt haben«, mutmaßte Enno. »Dort musste er ja befürchten, dass Eyk ihm auf die Schliche kommt. Und wenn wir nicht völlig falschliegen, wollte er das Geschäft ja hinter dem Rücken seines Bruders machen.«

Mona stützte ihr Kinn auf die Hand.

»Warum hat Lübbo ausgerechnet auf dieser Bank gesessen? Hat er auf jemanden gewartet? War er vielleicht sogar mit seinem Mörder verabredet?«

»Das werden wir erst erfahren, wenn wir Tede verhaftet haben.«

»Möglicherweise gab es noch einen anderen Grund«, sagte die Kommissarin. »Komm, wir machen einen Spaziergang zum Strand hinunter. – Rein dienstlich natürlich.«

Die Ermittler meldeten sich bei Grietje ab, die wieder auf ihrem Platz vorn im Wachlokal saß. Doch diesmal bekamen sie keinen flotten Spruch mit auf den Weg, die junge Polizeimeisterin war auffallend einsilbig. Mona dachte sich, dass die Kollegin sich so kurz nach ihrer Suspendierung vermutlich keine Unverschämtheiten herausnehmen wollte.

Bei dem herrlichen Wetter strömten zahlreiche Urlauber durch die Bismarckstraße Richtung Promenade. Etliche von ihnen machten erst einmal Zwischenstation in einem der Gastrobetriebe. Das Mittagskonzert in der Musikkuppel war bereits vorbei. Auf der Promenade herrschte fast so viel Betrieb wie weiter unten am breiten Sandstrand. Mona und Enno setzten sich auf die freie Ruhebank, die zum Tatort geworden war.

»Was tun wir hier?«, fragte der Ostfriese. »Die Bank ist kriminaltechnisch untersucht worden, ohne Ergebnis.«

»Ja, der Mörder hat keine verwertbaren Spuren hinterlassen. Ich hatte eher an das Java Diadem gedacht. Womöglich hat Lübbo es hier in der Nähe versteckt, um es ständig im Blick zu haben.«

Der Oberkommissar hob seine Augenbrauen.

»Hm, tagsüber ist hier während der Saison die Hölle los, wie man sieht. Nachts hingegen könnte man vor allem unten am Strand etwas verbergen. Aber ist das wirklich so eine gute Idee? Womöglich könnte ein Kind den Schmuck finden. Oder es gibt plötzlich mal wieder schweres Wetter, und dann fließt die See bis zur Promenade. Lübbo ist gebürtiger Borkumer. Er weiß, dass so etwas geschehen kann.«

»Richtig, und darum glaube ich auch nicht, dass wir im Sand nach dem Geschmeide suchen sollten. Schau mal da rüber.«

Mona zeigte auf das Gestänge einer nahe gelegenen Milchbude. Diese für Borkum typischen Imbissstuben ruhen auf in den Sand getriebenen Pfählen. In der kalten Jahreszeit werden sie demontiert, um für die nächste Sommersaison wieder aufgebaut zu werden. Die ersten Erfrischungsstände dieser Art gab es bereits 1907. Und obwohl man heutzutage dort praktisch alle Snacks und Getränke für einen Strandaufenthalt bekommt, hat sich die Bezeichnung Milchbuden traditionsgemäß gehalten.

Enno beugte sich vor.

»Ah, du glaubst, dass dort etwas zu finden ist?«

»Wir sollten die Sache mal unter die Lupe nehmen.«

Mit diesen Worten stand Mona auf und stieg die Treppe zum Sandstrand hinunter. Ihr Kollege folgte ihr. Die Ermittler stapften auf die Pfahlkonstruktion zu. Über ihnen konnten sie Musik sowie das Stimmengewirr der Milchbudenbesucher hören, die sich auf ihrer Aussichtsplattform Kaffee, Bier und andere Getränke schmecken ließen. Der eine oder andere vielleicht sogar Milch.

Die Kommissarin trat in den Schatten des Bauwerks. Ihre Augen mussten sich nach dem gleißenden Sonnenschein erst an die relative Dunkelheit gewöhnen. Mona machte sich deutlich, dass Lübbo älter als sie selbst und vermutlich nicht besonders fit gewesen war. Laut Obduktionsbefund war er leicht übergewichtig gewesen. Er würde wohl kaum wie ein Äffchen in dem Gestänge herumgesprungen sein.

Die Kommissarin legte den Kopf in den Nacken und ließ ihre Blicke über die Konstruktion schweifen. Ihr Pulsschlag beschleunigte sich, als sie ein kleines Päckchen entdeckte. Es war mit schwarzem Klebeband an einem Balken befestigt. Man musste schon genau hinschauen, um es zu bemerken. Und die Badegäste in der Umgebung hatten ohnehin bloß Augen für die Nordsee und eventuell noch für gut aussehende Menschen in knapper Bekleidung. Aber ganz gewiss nicht für diesen Pfahlbau. Und von der Milchbude selbst aus konnte man das Paket ebenfalls nicht sehen.

Mona stieg auf eine Querstrebe, dann noch auf eine zweite. Sie musste sich auf die Zehenspitzen stellen und verfluchte innerlich wieder einmal ihre bescheidene Größe von eins dreiundsechzig. Aber dann bekam sie das Objekt zu fassen und konnte es abreißen!

Sie kletterte eine Stufe tiefer und sprang dann übermütig in Ennos Arme.

Er fing sie auf.

»Hey, willst du mich umschmeißen?«

»Du behauptest doch wohl nicht, dass ich zu schwer wäre?«

»Das würde ich mir nie erlauben. – Nun mach schon auf!«

Der Oberkommissar kam Mona in diesem Moment vor wie ein kleiner Junge, der an Heiligabend die Bescherung kaum erwarten kann. Und auch sie selbst wollte unbedingt wissen, was sie soeben sichergestellt hatte. Die Ermittlerin zog ihr Taschenmesser und öffnete vorsichtig die Verpackung.

Sie enthielt eine Schatulle mit schwarzer Samtoberfläche. Mona machte den Deckel auf.

Darin befand sich ein aus mindestens drei Dutzend Edelsteinen verschiedener Größe gearbeitetes Diadem. Selbst ein Laie konnte erkennen, dass ein Diamant in dem Ensemble fehlte.

Die Kommissarin hielt zweifellos das Java Diadem in Händen.

Kapitel 18

Enno pfiff durch die Zähne.

»Ich möchte nicht wissen, wie viel das Ding wert ist. – Steck es schnell weg, bevor uns jemand überfällt.«

Mona grinste.

»Deine Witze waren auch schon mal besser. Ich will mal schauen, ob wir wirklich das Richtige entdeckt haben.«

Mit diesen Worten zog sie die Fotos hervor, auf denen das Java Diadem abgebildet war. Schon ein flüchtiger Blick zeigte, dass die Ermittler das richtige Schmuckstück gefunden hatten. Allerdings war das Fehlen eines zentralen großen Edelsteins nicht zu übersehen. Aber sie wussten ja, wo dieser sich befand.

»Tede wird vor Wut platzen, wenn er von unserem Fund erfährt«, mutmaßte der Oberkommissar. Mona nickte.

»Ja, wenn wir ihn erwischt haben. Es ist zum Mäusemelken. Der Kerl kann überall und nirgends sein. Vielleicht können wir ihn aufscheuchen, indem wir den Fund des Java Diadems über die Medien bekanntgeben.«

»Wozu soll das gut sein?«

»Wenn Tede erfährt, dass der Schmuck sich im Polizeigewahrsam befindet, wird er aufgeben. Dann gibt es für ihn keinen Grund mehr, weiterhin auf der Insel zu bleiben. Er wird einen Fluchtversuch machen, wahrscheinlich mit einer Yacht. Dass wir Fährhafen und Flugplatz überwachen, kann er sich denken. Wir observieren den Yachthafen und schlagen zu, sobald er uns unter die Augen kommt.«

»Ja, das kann funktionieren«, bestätigte Enno. »Tede wird jedenfalls nicht so wahnsinnig sein, sich das Geschmeide aus der Polizeistation beschaffen zu wollen.«

Sie fuhren zur Dienststelle zurück und präsentierten Oltbeck ihren wertvollen Fund. Außerdem unterbreitete Mona dem Chef ihre Idee.

»Ja, wir können eine Pressemitteilung veröffentlichen, Frau Sander«, murmelte der Hauptkommissar, ohne seinen Blick von dem blinkenden Java Diadem abwenden zu können. »Schlimmstenfalls bekommt der Gesuchte nichts davon mit. Ich werde den Schmuck morgen früh mit der ersten Fähre aufs Festland schicken lassen. Für die Observierung des Yachthafens teile ich Einsatzkräfte ein.«

»Wir sind auf jeden Fall dabei«, sagte Mona, und Enno nickte zustimmend.

Der Chef war nicht begeistert.

»Nein, angesichts Ihres Überstundenkontos müssen Sie beide mal kürzertreten. Sie haben hervorragende Arbeit geleistet, Frau Sander und Herr Moll. Aber ich will mir nicht vorhalten lassen, dass ich Sie über die Belastbarkeitsgrenze hinaus gefordert hätte.«

Mona wollte protestieren, doch sie bremste sich innerlich. Oltbeck hatte recht, zumindest was Enno anging. Er war nicht mehr der Jüngste, und eine schlaflose Nacht würde seiner Gesundheit nicht guttun. Die Kommissarin nahm sich vor, einfach später heimlich auf eigene Faust zum Yachthafen zu fahren. Schließlich konnte sie niemand daran hindern, sich in ihrer Freizeit auf die Lauer zu legen.

Der Dienststellenleiter kündigte an, sich sofort um die Pressemitteilung kümmern zu wollen.

»Sie beteiligen sich bis Dienstschluss bitte weiterhin an der Fahndung nach Tede Kupper.«

Mit diesen Worten beendete Oltbeck die Besprechung.

Als die Ermittler nach vorn ins Wachlokal gingen, wurden sie von Grietje angesprochen.

»Dr. Siemers aus dem Krankenhaus hat angerufen«, sagte sie. »Eyk Hamstra ist jetzt bei Bewusstsein. Ihr dürft kurz mit ihm reden.«

Dann senkte die Polizeimeisterin ihren Blick und konzentrierte sich ganz auf ihre Arbeit.

»Unsere junge Kollegin gefällt mir momentan überhaupt nicht«, meinte die Kommissarin, als sie und Enno wenig später zum Hospital fuhren. »So ernst habe ich sie noch nie erlebt.«

»Die Suspendierung wird ihr einen Schock versetzt haben. Hinzu kommt, dass sie in einen Mann verliebt war, der ihr eine Schmierenkomödie vorgespielt hat. Ganz zu schweigen davon, dass sie sich selbst kurzzeitig für eine Mörderin hielt. Solche Dinge steckt man nicht so leicht weg. Ich glaube, dass Grietje mit ihrer schnoddrigen Art nur ihre eigene Verletzlichkeit überspielen will.«

»Damit könntest du recht haben.«

Nachdem die Kommissare das Städtische Krankenhaus Borkum in der Gartenstraße erreicht hatten, meldeten sie sich bei Dr. Siemers. Der junge glatzköpfige Arzt gab Mona und Enno die Hand. Er kannte die Kriminalisten von früheren Einsätzen.

»Der Patient hat eine Gehirnerschütterung erlitten, er ist aber zeitlich und räumlich orientiert. Ein Schädelbasisbruch liegt zum

Glück nicht vor. Die Platzwunde am Hinterkopf haben wir genäht. Ich möchte Sie trotzdem bitten, dass Sie sich möglichst kurzfassen.«

»Selbstverständlich«, entgegnete Enno auf die Erläuterungen des Arztes. »Allerdings sind wir mit einer Morduntersuchung beschäftigt, und Ihr Patient spielt eine wichtige Rolle darin.«

Wenig später brachte eine Krankenschwester die Ermittler zu Eyk Hamstras Zimmer. Vor der Tür wachte Hinderk Ekhoff. Oltbeck hatte angeordnet, dass der Verletzte Polizeischutz bekommen sollte, falls der Täter erneut auftauchen würde.

»Moin, ist dir etwas Ungewöhnliches aufgefallen?«

Der junge Kollege beantwortete Monas Frage mit einem Kopfschütteln. Er war kein großer Redner. Die Kommissare betraten den Raum. Eyk schlug die Augen auf, als sie hereinkamen. Der Tischlermeister hatte keinen Zimmergenossen, das zweite Bett war leer.

»Habt ihr den Mörder meines Bruders gefunden?«, fragte er ohne Einleitung. Seine Stimme klang matt, doch offensichtlich hatte er die Kommissare erkannt. Mona setzte sich auf einen Stuhl links von seinem Krankenbett, Enno nahm auf der rechten Seite Platz. Eyk Hamstra war blass, und sein Schädel war dick bandagiert. Ansonsten schien er sich auf dem Weg der Besserung zu befinden. Als Mona ihn in seiner Tischlerei gefunden hatte, war er beinahe tot gewesen.

»Wir wissen, wer der Mörder ist, haben ihn aber noch nicht verhaftet«, sagte der Ostfriese. »Doch als Erstes muss ich dich darüber belehren, dass wir dich als Beschuldigten befragen wollen. Du hast das Recht, zu schweigen, dich nicht selbst zu belasten oder einen Verteidiger hinzuzuziehen.«

»Seid ihr verrückt geworden?«, platzte Eyk heraus. »Glaubt ihr vielleicht, ich hätte mir selbst den Schädel eingeschlagen?«

»Selbstverständlich nicht«, erwiderte Mona. »Sie wurden von dem Mann angegriffen, mit dem Sie kurz vor der Tat noch telefoniert haben. Ich rede von Tede Kupper, der eigentlich Aarie van Kolk heißt und mit dem Sie etliche Raubüberfälle begangen haben. War es nicht so?«

Der Tischlermeister antwortete nicht.

»Du stehst im dringenden Verdacht, an einigen Raubüberfällen auf Diamantenhändler in Amsterdam beteiligt gewesen zu sein«, erklärte Enno ruhig. »Und es sieht ganz danach aus, dass du und Lübbo die Anführer waren.«

Eyk lachte, aber er klang nicht amüsiert.

»Ihr habt wohl zu viele schlechte Fernsehkrimis gesehen!«

»Sie können uns nicht hinters Licht führen«, fauchte Mona. »Wir haben bei der Durchsuchung Ihrer Werkstatt den wertvollen China-Export gefunden. Schon bemerkenswert, was so alles in ein Stuhlbein passt.«

Eyk rang nach Luft.

»D-dazu hattet ihr kein Recht«, behauptete er.

»Es steht dir frei, dich zu beschweren«, betonte Enno. »Also, was ist nun? Sprichst du mit uns oder willst du erst mit einem Anwalt Kontakt aufnehmen?«

Der Diamantenräuber verschränkte die Arme vor der Brust.

»Nein, zum Kuckuck. Wir haben es wohl vermasselt, oder? Jetzt ist alles egal, dann kann ich auch auspacken.«

Mona deutete auf den Kopfverband.

»Wie kam es zu der Attacke?«

Eyk verzog den Mund.

»Tede rief mich an, wollte mich unbedingt sprechen. Er sagte, dass er etwas über den Mord an meinem Bruder wüsste. Natürlich wollte ich sofort alles erfahren. Also schickte ich meine Gesellen weg. Wir hätten ja nicht frei von der Leber weg sprechen können, wenn sie dabei gewesen wären. Kurze Zeit, nachdem Reemt und Nanno abgehauen waren, kam Tede vorbei. Doch er sprach nicht über Lübbos Mörder, sondern wollte von mir wissen, wo ich das Java Diadem versteckt hätte. Ich dachte mir zunächst nichts dabei und antwortete, dass Lübbo es aufbewahrt hatte. Das ist übrigens die Wahrheit. Als ich mich umdrehte, schlug Tede mich nieder.«

»Er hielt dich für tot, schätze ich. Wir haben dich nicht lange nach der Tat gefunden«, erklärte Enno.

Eyk nickte grimmig.

»Ich hätte mich niemals mit ihm einlassen sollen. Aber Lübbo kannte ihn aus Holland. Er meinte, dass Tede uns nützlich sein könnte. Anfangs lief ja auch alles wie am Schnürchen.«

»Erzählen Sie uns, wie es zu den Raubüberfällen kam«, forderte die Kommissarin.

»Als mein Bruder wegen einer anderen Sache in Lingen einsaß, wurde er von so einem Dreckskerl niedergestochen. Das geschah, weil Lübbo in dessen Sachen geschnüffelt hatte. Sein Zellengenosse hatte etwas mit Diamantenraub zu tun. Und mein Bruder kam auf die

Idee, ebenfalls in dieses Geschäft einzusteigen. Anfangs war ich gar nicht begeistert, aber meine Tischlerei lief miserabel. Und mit der Musik kann man sowieso kein Geld verdienen. Also ließ ich mich darauf ein.«

Mona bezweifelte, dass Eyk wirklich so ein Unschuldslamm gewesen war, das von seinem kriminellen älteren Bruder zu Straftaten verleitet werden musste. Doch solange er frei von der Leber weg redete, konnte es ihr nur recht sein.

Eyk fuhr fort: »Beim ersten Coup waren wir ängstlich wie Nichtschwimmer, die von der Mole ins Wasser fallen. Doch es lief alles glatt. Lübbo hatte Vorarbeit geleistet. Er kannte in Holland viele Leute, das war von Vorteil. Wir konnten das Fluchtauto verschwinden lassen und nach Borkum zurückkehren, als ob nichts gewesen wäre. Es dauerte einige Zeit, bis wir die Verbindung nach Fernost aufgebaut hatten. Übrigens war es Lübbos Idee, die Steine in den Möbeln zu verstecken.«

Schieb nur die ganze Schuld schön auf deinen toten Bruder, dachte die Kriminalistin grimmig. Sie fragte: »Und wie lief die Bezahlung ab?«

»Alle paar Wochen kam ein Chinese nach Amsterdam und gab Lübbo einen Haufen Dollars. In der Stadt sind so viele Touristen aus aller Welt, da fällt ein Asiate nicht auf. Jedenfalls weniger als auf unserer Insel. Und mein Bruder war sowieso gern unterwegs, es hielt ihn nie lange auf Borkum. Also ist es niemandem aufgefallen, wenn er mal ein paar Tage verreiste.«

»Wie lerntest du Anneke Joost kennen?«, wollte Enno wissen.

Der Diamantenräuber grinste.

»Sie sprach mich kürzlich nach einem Konzert meiner Band an. Es funkte sofort zwischen uns. – Wie kommt ihr denn auf Anneke? Sie wusste nichts von meinen Coups in Amsterdam.«

»Das bezweifle ich«, entgegnete Mona trocken. »Diese Frau ist eine holländische Ex-Polizistin, die das Java Diadem wiederbeschaffen sollte. Sie hat sich nur an Sie herangemacht, um auf diesem Umweg Lübbo kennenzulernen.«

»Ja, das habe ich inzwischen kapiert. Es wurde mir schon klar, als Sie mich in der Werkstatt aufsuchten und sich nach Anneke erkundigten. Ich habe verschwiegen, dass ich sie kenne, weil ich dachte, dass Sie wegen der Hotelrechnung hinter ihr her wären. So ein gerissenes Biest!«

»Warum haben Sie dieser Frau eigentlich in Ihrem Probenraum Unterschlupf gewährt?«, fragte die Kommissarin.

»Eben wegen ihrer Hotelrechnung. Sie hat behauptet, ihr Zimmer nicht zahlen zu können. Es ist doch klar, dass ich sie nicht bei der Polizei verpfeifen wollte.«

»Und weshalb haben Sie Anneke Joost nicht in Ihrem Haus wohnen lassen? Sie hätten doch bestimmt nichts dagegen gehabt, das Bett mit ihr zu teilen.«

Diesen Seitenhieb hatte Mona sich nicht verkneifen können. Eyk runzelte die Stirn.

»Ich fand es auch merkwürdig, ehrlich gesagt. Anneke behauptete, sich vor meiner Haushälterin zu schämen.«

Die Kommissarin glaubte eher, dass die »Problemlöserin« von möglichst wenig Zeugen zusammen mit Eyk gesehen werden wollte. Aber das war auch eher nebensächlich.

»Bist du gar nicht stutzig geworden, weil dein Bruder das Java Diadem allein aufbewahren wollte? War das üblich bei euch?«

Eyk beantwortete Ennos Frage mit einem Kopfschütteln.

»Eigentlich nicht. Meistens habe ich die Beute sofort in Möbelstücken versteckt. Aber dieses Geschmeide war ein Unikat. Ich habe mir nichts dabei gedacht, dass Lübbo es an sich genommen hat. – Könnt ihr mich ein anderes Mal weiter ausfragen? Ich habe jetzt Kopfschmerzen.«

Die Ermittler brachen das Verhör ab. Das Wichtigste hatten sie erfahren, Informationen über weitere Tatbeteiligte konnten sie auch später noch erhalten. Doch bevor sie gingen, drehte Mona sich zu Eyk um.

»Eine Sache müssen wir noch erfahren. Haben Sie eine Idee, wo sich Tede momentan aufhalten könnte? Er ist wahrscheinlich auf der Insel.«

»Ich habe nicht die geringste Ahnung, Frau Sander. Wenn ich es wüsste, würde ich es sagen. Immerhin wollte der Mistkerl mich umbringen, und er hat meinen Bruder auf dem Gewissen!«

Kapitel 19

Die Ermittler hatten intensiv nach Tede Kupper Ausschau gehalten, doch von ihm fehlte jede Spur. Auch die Gespräche mit zahlreichen Passanten waren ergebnislos verlaufen. Mona fragte sich inzwischen ernsthaft, ob der Mordverdächtige überhaupt auf Borkum war. Verschwendeten sie nur ihre Zeit?

Zum Feierabend kehrten sie zur Polizeistation zurück, wo die Kommissarin ihr Fahrrad geparkt hatte. Aiske Berend saß am Empfang.

»Nanu, wo ist denn Grietje geblieben?«, wollte Mona wissen.

»Sie fühlte sich nicht gut, Oltbeck hat sie früher nach Hause geschickt«, erwiderte die uniformierte Kollegin.

Allmählich mache ich mir richtig Sorgen um sie, dachte Mona. Als sie sich von Enno verabschieden wollte, klingelte ihr Smartphone. Grietje war am Apparat.

»Könntest du bei mir daheim vorbeikommen, Mona? Ich muss unbedingt mit dir reden.«

Die Stimme ihrer jungen Kollegin gefiel der Ermittlerin überhaupt nicht. Es klang, als ob Grietje geweint hätte.

»Okay, ich habe sowieso gerade Dienstschluss. Ich schwinge mich auf meinen Drahtesel und bin in fünf Minuten bei dir.«

Länger benötigte man nicht, um mit dem Fahrrad von der Polizeistation in der Strandstraße zu Grietjes Wohnung in der Hindenburgstraße zu gelangen. Als Mona das Telefonat beendete, machte sie offenbar ein sorgenvolles Gesicht. Jedenfalls konnte sie das Ennos Worten entnehmen.

»Was ist passiert? Hast du eine Hiobsbotschaft bekommen?«

»Wahrscheinlich ja. Grietje will mir ihr Herz ausschütten, es scheint ihr wirklich schlecht zu gehen.«

Der Oberkommissar klopfte seiner Kollegin auf die Schulter.

»Du bist eben für sie eine gute Freundin geworden. Soll ich dich zu ihr fahren?«

»Nee, du hast jetzt Feierabend. Wir sehen uns morgen, in Ordnung?«

»Ja, bis dann. Halt die Ohren steif.«

Die Kommissarin schwang sich auf ihr Rad und trat kräftig in die Pedale. Mona fand eigentlich nicht, dass sie selbst sich besonders gut als tröstende Freundin eignete. Doch wenn Grietje außer ihr niemanden hatte …

Sie schaffte die Strecke in Rekordzeit. Bevor sie klingelte, stellte sie ihr Smartphone ab. Mona wollte nicht gestört werden, wenn ihre Kollegin sich ihr anvertraute. Nachdem sie geschellt hatte, wurde der Türsummer betätigt. Grietje war ungewöhnlich bleich, als sie Mona die Wohnungstür öffnete. Die Polizeimeisterin hatte sich noch nicht umgezogen.

»Da bin ich schon!«, sagte die Kommissarin mit gespielter Munterkeit. Grietje trat zur Seite, und Mona kam herein. Die Tür wurde geschlossen. Im nächsten Moment drückte jemand eine Pistolenmündung gegen den Nacken der Kommissarin. Jedenfalls ging sie davon aus, dass es sich um eine Waffe handelte.

»Tede hat mich zu dem Anruf gezwungen«, sagte Grietje mit tonloser Stimme. »Er hat mir meinen Zweitschlüssel geklaut, als ich neulich bewusstlos war. Und ich habe es nicht bemerkt. Als ich heute vom Dienst kam, hat er schon auf mich gewartet. Ich sollte wirklich nicht Polizistin sein, wenn ich mich so blöd anstelle.«

Mona erwiderte nichts. Sie wurde von dem Verbrecher abgetastet. Plötzlich erinnerte die Kommissarin sich an den Mordfall mit dem toten Starfrisör, als ihre Freundin Kati sich in einen Gangster verliebt hatte und von ihm als Geisel genommen worden war. Konnte man diese beiden Ermittlungen miteinander vergleichen? Hätten ihre Alarmglocken bei Grietjes Anruf schrillen müssen? Nicht unbedingt. Außerdem hatte Mona jetzt andere Sorgen.

»Sie müssen mich nicht betatschen!«, fauchte die Ermittlerin. »Meine Dienstwaffe liegt eingeschlossen auf dem Polizeirevier, das ist bei uns so üblich.«

Tede verpasste ihr eine Kopfnuss.

»Nicht frech werden, kapiert? Du hast ja schon gesehen, dass ich deine liebe Kollegin in meiner Gewalt habe, Mona. Weißt du, was du jetzt tun wirst? Du kehrst zur Bullenwache zurück, schnappst dir das Java Diadem und kommst damit hierher. Dafür gebe ich dir eine halbe Stunde. Wenn du bis dahin nicht zurück bist, stirbt Grietje.«

Mit hilflosem Zorn registrierte Mona, dass Tränen über das Gesicht der jungen Polizeimeisterin rannen. Am schlimmsten war, dass Grietje für diesen Kerl einmal etwas empfunden haben musste.

»Das funktioniert so nicht«, erwiderte die Kommissarin mit erzwungener Ruhe. »Das Geschmeide liegt im Tresor. Die Zahlenkombination kenne ich nicht.«

»Dann lass dir etwas einfallen!« Der Kriminelle presste die Pistole stärker gegen ihren Hals. In diesem Moment schrillte die Klingel.

»Wer ist das?«, rief Tede. Seine Stimme klang nun hysterisch. Mona wusste es auch nicht. Doch sie musste dringend einen Ausweg finden. Der Geiselnehmer befahl Grietje, sich über die Gegensprechanlage zu erkundigen.

»Hallo?«, krächzte die Polizeimeisterin. Sie brachte vor Aufregung nur dieses eine Wort heraus.

»Pizzaservice!«, lautete die Antwort. Da wusste die Kommissarin, was sie zu tun hatte.

»Ja, ich habe uns eine Pizza bestellt!«, behauptete sie. »Als Grietje anrief, dachte ich, dass sie eine Stärkung dringend gebrauchen könnte.«

Tede lachte rau. Er klang erleichtert.

»Ja, so ist das. Na, dann nimm die Mafiatorte entgegen, bevor der Bote noch misstrauisch wird.«

Grietjes Finger zitterte, als sie den Türsummer erneut betätigte.

Mit einer Geschwindigkeit, die ihm bei seiner Leibesfülle niemand zugetraut hätte, kam Enno die Treppenstufen hochgeeilt. Er hielt seine Dienstwaffe bereits in der Hand, als er die nur einen Spalt weit geöffnete Wohnungstür aufstieß.

Dieses Überraschungsmoment nutzte Mona, indem sie sich duckte und ihren Ellenbogen mit ganzer Kraft nach hinten stieß. Er landete in Tedes Magengrube. Damit hatte der Schurke nicht gerechnet. Gleichzeitig packte sie mit beiden Händen seinen Waffenarm und drückte ihn nach unten.

Jetzt schaute der Verbrecher in die Mündung von Ennos Waffe.

»Gib auf, Mann«, sagte der Ostfriese ruhig. »Es ist vorbei.«

Tede warf ihm einen ungläubigen Blick zu, schien dann aber die Ausweglosigkeit seiner Lage zu begreifen. Jedenfalls polterte die Pistole zu Boden.

Und Grietje ließ es sich nicht nehmen, ihrem Ex-Freund höchstpersönlich Handschellen anzulegen.

Kapitel 20

Die Nacht war für Mona nur kurz gewesen. Dennoch radelte sie am nächsten Morgen mit einem guten Gefühl zur Arbeit. Nach Tedes Inhaftierung hatte die Kommissarin noch lange mit Grietje gesprochen. Die junge Polizeimeisterin bangte ernsthaft um ihren Job.

»Für Enno und mich steht fest, dass Tede dich als Geisel genommen hat. Das werden wir auch so aussagen. Und das werde ich genau so aussagen, sobald es zu einer disziplinarischen Anhörung kommt.«

Mit diesen Worten war es Mona gelungen, Grietje einigermaßen zu beruhigen. Und sie war sicher, dass sie auch Oltbeck von der Unschuld seiner Untergebenen würde überzeugen können.

»Tede hat einen Anwalt verlangt, vor heute Nachmittag können wir das Verhör also nicht beginnen«, sagte Enno zur Begrüßung. Dann gähnte er herzhaft.

»Du hast mir noch gar nicht erzählt, wieso du zu Grietjes Wohnung gekommen bist«, stellte Mona fest.

»Nach unserem Abschied fiel mir ein, dass Tede sich doch bei seiner Ex-Freundin verstecken könnte. Daran hatten wir zuvor nicht gedacht, aber es wäre möglich gewesen. Sogar ohne Grietjes Wissen, wenn er nämlich einen eigenen Schlüssel hat. Und als ich dich anrief und dein Handy ausgeschaltet war, schrillten bei mir die Alarmsirenen. Du lässt es sonst immer an.«

»Ja, das habe ich nur ausnahmsweise gemacht.«

»Jedenfalls musste ich damit rechnen, dass Tede auch dich als Geisel genommen hat. Mir fiel zum Glück ein, dass du mir von eurer missglückten Pizzaorgie erzählt hast. Also fand ich es realistisch, dass Grietje oder du euch eine Pizza kommen lasst. Das hat ja auch funktioniert.«

»Zum Dank werden wir dich zum Pizzaessen einladen, und Grietje muss zahlen.«

Der Ostfriese lachte. Beide Ermittler waren sehr erleichtert darüber, dass die Verhaftung des Mordverdächtigen ohne Blutvergießen über die Bühne gegangen war. Die Kommissare erstatteten zunächst dem Chef Bericht. Auch Oltbeck war sehr angetan davon, dass sich Tede Kupper nun hinter Schloss und Riegel befand.

»Das ist ja eine unglaubliche Geschichte!«, sagte der Hauptkommissar. »Wie es scheint, hat Frau Smit wirklich eine

Pechsträhne. Erst wird sie von ihrem Freund mit chemischen Drogen betäubt und dann auch noch als Geisel genommen. – Ich habe das Landeskriminalamt informiert, dort kümmert man sich um diese Diamantenhehler-Geschichte. Damit haben wir auf Borkum nichts mehr zu tun. Sobald Sie ein Geständnis Ihres Hauptverdächtigen haben, können wir den Vorgang der Staatsanwaltschaft übergeben.«

Die Kriminalisten widmeten sich in den folgenden Stunden Routinearbeiten, doch innerlich waren sie ganz auf die bevorstehende Befragung konzentriert. Sowohl Mona als auch Enno hatten sich alle Fakten zu dem Mord an Lübbo Hamstra noch einmal vergegenwärtigt. Als sie ihre Mittagspause beendet hatten, erschien der Verteidiger in der Dienststelle.

»Dr. Hans Dillburg – der Name sagt mir gar nichts«, meinte die Kommissarin, als sie und ihr Kollege wieder in ihrem Büro saßen.

»Das geht mir genauso. Ich kenne eigentlich alle Strafverteidiger in Emden. Er muss neu in der Stadt sein.«

Neu in Emden, aber nicht neu in der Juristerei, dachte Mona, als der Anwalt sich und seinen Mandanten einige Zeit später für das Verhör bereit erklärte. Dr. Dillburg war ein älterer Herr mit langem weißem Haar und sonnengebräunter Haut. Er sah so aus, als ob er jede freie Minute in der Natur verbringen würde. In seinem schwarzen Anzug wirkte er wie ein Beerdigungsunternehmer oder Trauerredner. Dr. Dillburg und die Kommissare stellten sich gegenseitig vor, nachdem sie alle den Verhörraum betreten hatten.

»Herr van Kolk ist geständig«, sagte der Verteidiger gleich zu Beginn. »Er befand sich in einem gefühlsmäßigen Ausnahmezustand, als er die bedauerliche Tat beging. Ich werde beweisen, dass es sich um eine Körperverletzung mit Todesfolge handelt und nicht um Mord.«

Das kannst du vor Gericht gern tun, dachte Mona. Für die Polizei kam es darauf an, so viele Fakten wie möglich zusammenzutragen. Über das Strafmaß mussten die Richter entscheiden. Immerhin hatte der Täter seinem Anwalt gegenüber schon mal seinen richtigen Namen genannt. Die Kommissarin beschloss, ihn trotzdem innerlich weiterhin Tede zu nennen. Dieser Kriminalfall war schon verwirrend genug.

Der Mordverdächtige sah auf den ersten Blick harmlos aus, zumindest im Moment. In der vergangenen Nacht hatte Mona ihn allerdings ganz anders erlebt. Als sie vor einiger Zeit erstmals von

Grietjes Schwärmerei für den Blues-Gitarristen gehört hatte, konnte sie diese Gefühle sogar ein wenig nachvollziehen. Tede besaß zweifellos einen rauen Charme, andernfalls hätte er die sommersprossige Polizeimeisterin wohl nicht so leicht um den kleinen Finger wickeln können. Sie schob diesen Gedanken beiseite und schlug ihr Notizbuch auf.

»Sie sind über Ihre Rechte belehrt worden und werden heute anwaltlich durch Herrn Dr. Dillburg vertreten. Bitte nennen Sie zuerst Ihren vollständigen Namen.«

»Ich heiße Aarie van Kolk.«

»Warum haben Sie unter dem falschen Namen Tede Kupper auf Borkum gelebt?«

»Ich habe Ärger mit der Justiz in den Niederlanden gehabt. Ich brauchte einen – wie sagt man? – Ruhepunkt. Das ist diese Insel für mich.«

»Und doch sind Sie immer wieder in Ihr Heimatland zurückgekehrt«, warf Enno ein. »Warum?«

»Um Geschäfte zu machen.«

Der Oberkommissar runzelte die Stirn.

»Etwas genauer, bitte.«

Tede rollte mit den Augen.

»Ihr wisst doch schon, dass ich Diamanten geraubt habe! Also gut: Ich gebe zu, mir diese Steine beschafft zu haben.«

»Mein Mandant ist kooperativ«, sagte der Anwalt.

Als Nächstes streichelst du ihm noch den Kopf! Diesen Satz gab Mona zum Glück nur innerlich von sich. Stattdessen fragte sie: »Wie kam der Kontakt mit den Gebrüdern Hamstra zustande?«

»Ich mag Musik, habe in Holland schon in Bands gespielt. Als ich mitkriegte, dass Eyk einen Gitarristen braucht, konnte ich bei den Borkum Gents einsteigen.«

»Also ging es nicht von Anfang an darum, krumme Dinger zu drehen?«, hakte Mona nach.

Tedes Miene verfinsterte sich.

»Nee, aber ich merkte schnell, dass außerhalb der Saison Jobs auf der Insel knapp sind. Und ich wollte nicht unbedingt als Tellerwäscher oder so arbeiten. Da kam Lübbo mit dieser Diamanten-Idee. Er war immer schon ein größeres Schlitzohr als sein Bruder. Im Grund war er der Boss, obwohl er aussah wie ein Penner. Das war eine gute Tarnung.«

»Wer hat die Kontakte mit den chinesischen Abnehmern organisiert?«, fragte Enno.

»Das war auch Lübbo. Er traf die Asiaten, wenn er wieder mal in Amsterdam war.«

»Kannte Lübbo eigentlich Ihren wahren Namen?«

Tede beantwortete Monas Frage mit einem Nicken.

»Ja, aber er hat sich nichts anmerken lassen, dieser Heuchler. Bis ...«

Er unterbrach sich selbst.

»Bis zu der Mordnacht, nehme ich an?«

Mona warf ihm einen prüfenden Blick zu.

»Erzählen Sie uns davon«, forderte sie.

Der Mörder atmete tief durch, bevor er zu sprechen begann.

»Auf einer meiner Fahrten nach Holland habe ich meine Mutter besucht. Sie war lange krank, doch inzwischen geht es ihr besser. Wir redeten, und ich erwähnte Lübbo. Da wurde sie ganz komisch. Aber Mama behauptete, ich würde mir das nur einbilden. Übrigens glaubt meine Mutter, dass ich ein ehrliches Leben führe. Ich habe ihr von den Diamanten nichts erzählt. Je weniger sie weiß, desto besser. Manchmal trinkt sie zu viel, und dann plaudert sie womöglich etwas aus. Als ich wieder auf der Insel war, telefonierte ich mit ihr. Ich konnte hören, dass sie Alkohol getrunken hatte. Und sie erzählte mir, dass Lübbo mein Vater sei!«

Ob Tede von dem Telefonat redete, das Piel zufällig mitgehört hatte? Bevor Mona darüber genauer nachdenken konnte, sprach er weiter.

»Ich konnte es zuerst nicht glauben. Aber je länger ich darüber nachdachte, desto saurer wurde ich. Mir fiel ein, dass Lübbo mich öfter beobachtet und dabei gegrinst hatte. So kam es mir wenigstens vor. Verstehen Sie, meine Mutter hat es nicht leicht gehabt. Es wäre gut gewesen, wenn dieser Kerl wenigstens für mich gezahlt hätte. Davor hat er sich gedrückt. Vielleicht hätte ich nicht kriminell werden müssen, wenn wir eine Familie gewesen wären.«

Die Kommissarin kannte genug uneheliche Kinder, die niemals auf die schiefe Bahn geraten waren. Das sprach sie jetzt allerdings nicht an. Sie wollte von Tede hören, was sich vor Lübbos Tod abgespielt hatte.

»Sie waren also wütend auf Ihren leiblichen Vater. Und wie passt das Java Diadem ins Bild?«

»Ganz einfach, Frau Sander. Ich hatte mitbekommen, dass Lübbo das Schmuckstück in Verwahrung hatte. Alle anderen Diamanten wurden ja sofort von Eyk für den Weitertransport nach China fertig gemacht.«

»Und woher wussten Sie, dass Lübbo Hamstra einen Edelstein aus dem Diadem herausgelöst hatte?«

»Das habe ich mir zusammengereimt, nachdem ich ihn belauscht hatte. Er stand ja in Kontakt mit dieser Blonden. Ich nehme an, sie war eine Käuferin.«

Also war das spätere Mordopfer wirklich verfolgt worden, und zwar tatsächlich von Tede.

»Und wo kommt jetzt meine Kollegin Grietje Smit ins Spiel?«, wollte Mona wissen.

»Grietje und ich verstanden uns gut. Ich habe mich nicht nur an sie herangemacht, weil sie Polizistin ist. Na ja, am Anfang vielleicht schon. Ich hatte gehofft, von ihr Informationen zu bekommen. An diesem Tag verlor ich Lübbo jedenfalls kurzzeitig aus den Augen. Als ich ihn wiedersah, hockte er seelenruhig auf dieser Bank bei der Musikkuppel und hörte sich das Konzert an.«

Mona wurde stutzig.

»Wann war das?«

»Gegen achtzehn Uhr. Das letzte Konzert des Tages. Ich sprach ihn direkt auf das Java Diadem an. Er spielte den Unschuldigen und bot mir an, dass ich seine Taschen durchsuchen sollte. Das tat ich, ohne Ergebnis. Aber Lübbo schaute mich so höhnisch an. So, als ob ich einen Witz nicht kapieren würde. Ich ließ ihn zunächst in Ruhe.«

»Was geschah dann?«, wollte die Kommissarin wissen, obwohl sie die Antwort ahnte.

»Ich traf mich mit Grietje, und sie erzählte mir von dem Einsatz auf der Promenade. Plötzlich machte es klick in meinem Kopf. Lübbo fand es wahrscheinlich besonders witzig, den Edelstein meiner Freundin unterzuschieben. Sie ahnte nichts. Grietje wäre bestimmt aufgeregt gewesen, wenn sie so einen wertvollen Diamanten gefunden hätte. Also gingen wir zu ihr, wo ich ihren Cocktail präparierte.«

»Woher hatten Sie diese Chemo-Droge?«

»Die hab ich mir bei meinem letzten Amsterdam-Trip besorgt, Frau Sander. Ich nehme sie selbst gelegentlich. Wenn man sie höher dosiert, haut sie einen um.«

»Grietje Smit verlor also das Bewusstsein …«

»… und ich durchsuchte ihre Wohnung«, ergänzte Tede. »Nasenbluten kriegte sie auch noch. Ich wollte ihr helfen, aber da wachte sie schon wieder auf. Ich stellte mich tot, etwas Besseres fiel mir in dem Moment nicht ein. Sie schob Panik und haute ab, das war mein Glück. Sonst hätte sie ja bemerkt, dass ich noch am Leben war. Ich verschwand dann ebenfalls.«

»Wieso haben Sie sich denn für diesen Abend ein Alibi von Ihrem Vermieter geben lassen? Er behauptete, Sie wären die ganze Zeit daheim gewesen.«

Tede grinste.

»Das hat Fokke gesagt? Da ist er wohl übers Ziel hinausgeschossen. Ich habe ihm irgendwann mal eingetrichtert, dass er mich decken soll, falls die Bullen nach mir fragen. Jetzt glaubt er wohl, dass er mich jedes Mal entlasten müsste, wenn die Polizei aufkreuzt.«

»Wie ging es weiter?«

»Ich konnte nur noch an Lübbo denken. Daran, wie er mir frech ins Gesicht gegrinst hatte. Also rannte ich durch den Ort, um ihn zu finden. Ich holte mir eine Ahle aus Piels Werkstatt, um dem Alten damit Angst einzujagen. Schließlich kam ich wieder zur Promenade. Es war schon dunkel. Und dann sah ich ihn wieder auf der Bank sitzen. Ich ging zu ihm und sprach ihn auf meine Mutter an. Wissen Sie, was er zu mir sagte? ›Du bist genauso dumm wie sie.‹ Da habe ich zugestochen.«

Mona überlegte, bevor sie den Täter wieder ansprach.

»Ihr Vater hat Sie provoziert, das habe ich verstanden. Es ist aus Ihrer Sicht auch nachvollziehbar, dass Sie die Insel verließen. Aber warum sind Sie zurückgekehrt?«

Tedes Redefluss schien versiegt zu sein.

»Also?«, hakte Enno nach.

»Das werden Sie mir nicht glauben.«

»Kommt auf einen Versuch an«, meinte Mona.

»Ich wollte immer noch das Java Diadem, es ist ein Vermögen wert. Aber vor allem wollte ich mit Grietje zusammen sein.«

»Indem Sie meine Kollegin kidnappen und mit einer Pistole bedrohen?«, fragte die Kommissarin fassungslos.

»Ich wollte unbedingt das Java Diadem haben. Dann hätte ich gemeinsam mit Grietje irgendwo auf der Welt ein neues Leben beginnen können.«

Mona spürte, dass ihr berüchtigtes Temperament mit ihr durchzugehen drohte. Sie hätte Tede am liebsten ein paar Gemeinheiten an den Kopf geworfen, aber sie wollte das Verhör nicht torpedieren. Schon gar nicht in Gegenwart eines Rechtsanwalts. Enno ahnte, was in ihr vorging, und warf ihr einen warnenden Blick zu.

»Ich denke, für solche Zukunftspläne sollte man sich einig sein«, sagte sie mit erzwungener Ruhe. »Und das sehe ich bei Ihnen und Frau Smit nicht.« Es entstand eine kurze Pause.

»Wo haben Sie sich eigentlich aufgehalten, nachdem Sie wieder auf die Insel zurückgekehrt waren?«, wollte Mona wissen. Tede zuckte mit den Achseln.

»Ich bin in ein nicht vermietetes Ferienhaus eingebrochen. Das erschien mir sicherer als der Unterschlupf bei Piel oder mein Zimmer bei dem alten Kiffer.«

Es gab noch ein paar Einzelheiten zu klären, doch die Ermittler hatten nun das Geständnis des Mörders gehört. Darauf kam es an.

Die Kommissarin war fix und fertig, als sie aus dem Verhörraum trat. Sie sah vorn im Wachlokal Grietje an ihrem Schreibtisch sitzen. Mona ging zu ihr hinüber. Der Gedanke, dass sie mit Tede hätte durchbrennen wollen, war wirklich abwegig. Und doch musste dieser Mann ihr etwas bedeutet haben – bevor sie sein wahres Gesicht kennengelernt hatte.

»Wie geht es dir?«, fragte Mona. Etwas Besseres fiel ihr nicht ein.

Die Polizeimeisterin verzog den Mund.

»Ich hatte gerade ein Personalgespräch mit Oltbeck. Wie du siehst, hat er mir nicht den Kopf abgerissen.«

»In meinem Kühlschrank steht noch eine Flasche Sekt, Grietje. Wollen wir die heute Abend köpfen?«

Während sie diese Frage stellte, beschloss Mona, ihrer Kollegin nichts von Tedes absurder Rechtfertigung zu erzählen. Sie wollte nicht noch Salz in die Wunden streuen. Was immer dieser Mann für Grietje empfunden haben mochte – Liebe war es gewiss nicht gewesen. Sonst wäre ihm wohl kaum in den Sinn gekommen, aus ihr eine Gangsterbraut machen zu wollen.

Die Polizistin legte einen Zeigefinger an ihre Lippen, sie schien nachzudenken.

»Ja, das haben wir uns wirklich verdient, schätze ich. Enno muss aber auch ein Glas abbekommen. Immerhin verdanken wir ihm unsere Rettung.«

»Ich weiß nicht. Am Ende wird seine Frau noch eifersüchtig.«

»Wieso das?«

»Na, wenn er gleich mit zwei jungen Kolleginnen die Korken knallen lässt …«

»Wenn das so ist, dann holen wir Birte eben auch noch dazu«, schlug Grietje vor.

»Du kannst ja richtig vernünftig sein.«

»Gewöhne dich nur nicht zu sehr daran«, entgegnete die Polizeimeisterin augenzwinkernd.

ENDE

Ostfrieslandkrimi-Empfehlungen des Klarant Verlages

Lernen Sie die Ostfrieslandkrimi-Serie »Mona Sander und Enno Moll ermitteln« von Sina Jorritsma kennen:

Friesische Inselidylle? Von wegen! Auf der ostfriesischen Insel Borkum lösen Kommissarin Mona Sander und ihr Kollege Enno Moll knifflige Mordfälle. Die emotionale Kommissarin geht bei der Verbrecherjagd gerne ihren eigenen Weg und scheut dabei kein Risiko … Bei der Krimireihe der Autorin Sina Jorritsma ist Hochspannung garantiert!

In der Serie sind bereits folgende Ostfrieslandkrimis erschienen:

»Friesenbraut«, Band 1
Taschenbuch ISBN: 978-3-95573-557-9
eBook ISBN: 978-3-95573-556-2

Auf der ostfriesischen Insel Borkum verschwindet eine Braut kurz vor der Eheschließung. Zunächst glauben die Kommissare Mona Sander und Enno Moll noch an einen dummen Streich. Aber wenig später wird das blutverschmierte Brautkleid gefunden. Ist die dunkelhaarige Schönheit einem Gewaltverbrechen zum Opfer gefallen? Die Inselkommissare finden Indizien, die aber nicht zusammenpassen. Hat der undurchsichtige Exfreund der Braut seine Hände im Spiel? Wer war an den geheimen Sex-Spielen im Ferienhaus beteiligt? Und welches Interesse verfolgt der machtbesessene zukünftige Schwiegervater? Dann findet die Polizei eine Leiche – und muss feststellen, dass die Dinge ganz anders sind, als sie auf den ersten Blick scheinen. Die Mörderjagd versetzt nicht nur die friedliche Nordseeinsel in Aufruhr, sondern wird auch zur persönlichen Herausforderung für Mona Sander. Sie wird selbst zur Zielscheibe des Mörders …

»Friesenkreuz«, Band 2
Taschenbuch ISBN: 978-3-95573-552-4
eBook ISBN: 978-3-95573-600-2

»Friesenlauf«, Band 3
Taschenbuch ISBN: 978-3-95573-553-1
eBook ISBN: 978-3-95573-618-7

»Friesenflirt«, Band 4
Taschenbuch ISBN: 978-3-95573-542-5
eBook ISBN: 978-3-95573-541-8

»Friesenwahn«, Band 5
Taschenbuch ISBN: 978-3-95573-622-4
eBook ISBN: 978-3-95573-623-1

»Friesenstalker«, Band 6
Taschenbuch ISBN: 978-3-95573-688-0
eBook ISBN: 978-3-95573-701-6

»Friesenjuwel«, Band 7
Taschenbuch ISBN: 978-3-95573-764-1
eBook ISBN: 978-3-95573-765-8

»Friesenwrack«, Band 8
Taschenbuch ISBN: 978-3-95573-796-2
eBook ISBN: 978-3-95573-797-9

»Friesenbarbier«, Band 9
Taschenbuch ISBN: 978-3-95573-833-4
eBook ISBN: 978-3-95573-832-7

»Friesenstrand«, Band 10
Taschenbuch ISBN: 978-3-95573-875-4
eBook ISBN: 978-3-95573-876-1

»Friesenlist«, Band 11
Taschenbuch ISBN: 978-3-95573-934-8
eBook ISBN: 978-3-95573-935-5

Klarant Verlag

Lernen Sie die Ostfrieslandkrimi-Titel des Klarant Verlages kennen und besuchen Sie uns im Internet unter:

www.ostfrieslandkrimi.de

und

www.klarant.de

Sie können dort Näheres über unsere Autoren erfahren, viele weitere interessante Bücher und eBooks finden und Leseproben herunterladen. Mit dem kostenlosen Newsletter auf

www.ostfrieslandkrimi-lesen.de

erhalten Sie aktuelle Informationen rund um das Verlagsprogramm, wie beispielsweise spannende Neuerscheinungen und Gewinnspiele.

Volker Ebersbach

Andreas Siekmann

ANEKDOTEN ÜBER GOETHE UND SCHILLER

wtv

Volker Ebersbach
Andreas Siekmann

ANEKDOTEN ÜBER GOETHE UND SCHILLER

ISBN 3-937939-12-1

w*t*v ist ein Imprint der
ReiseArt® Verlagsgruppe GmbH
Schillerstraße 17, 99423 Weimar
Tel.: +49 (0)3643 811710
Fax: +49 (0)3643 811719
info@reiseart.com
www.reiseart.com

Layout/Satz: [illegible] MATHIAS KARGE, Erfurt; mathias@karge.com

Herstellung: Media Kontor Stuttgart GmbH

Alle Titel des Weimarer Taschenbuch Verlags werden in „Walbaum" gesetzt, als Reminiszenz an den bedeutenden Weimarer Drucker und Schriftsetzer Walbaum.

Die Idee zum Titelfoto und deren Realistion stammt vom Weimarer Fotografen Harald Wenzel-Orf

gedruckt in Österreich
Friedrich VDV, Linz